창원 여고생들이 기록한
독립운동가 김명시

새벽의 빛

새벽의 빛

초판인쇄 | 2022년 9월 26일
초판발행 | 2022년 10월 1일

엮은이 | 윤은주
지은이 | 김미조 김민경 김서영 김시온 김지현(무학여고) 김지현(대산고)
　　　　김하은 김현진 모은주 서예진 엄인영 이수빈 이예지 이지운
펴낸이 | 신중현
펴낸곳 | 도서출판학이사

출판등록 : 제25100-2005-28호
주소 : 대구광역시 달서구 문화회관11안길 22-1(장동)
전화 : (053) 554~3431, 3432
팩스 : (053) 554~3433
홈페이지 : http:// www.학이사.kr
전자우편 : hes3431@naver.com

ISBN _ 979-11-5854-385-3　43810

* 이 도서는 한국출판문화산업진흥원의 '2022년 우수출판콘텐츠 제작 지원' 사업
　선정작입니다.

창원 여고생들이 기록한
독립운동가 김명시

새벽의 빛

윤은주 엮음

글·그림 김미조 김민경
　　　　 김서영 김시온
　　　　 김지현(무학여고)
　　　　 김지현(대산고)
　　　　 김하은 김현진
　　　　 모은주 서예진
　　　　 엄인영 이수빈
　　　　 이예지 이지운

學而思 학이사

새벽의 빛

오랜 기다림 끝의 한 방울 눈물

윤은주

(기획자, 꿈꾸는산호작은도서관장)

1949년, 김명시 지사가 부천의 경찰서에서 유명을 달리한 지 73년의 시간이 흐른 2022년 8.15 광복절, 참으로 오랜 시간을 기다린 끝에 독립 훈장 애국장이 추서되었습니다. 국가보훈처에서 발행한 '2022년도 광복절 계기 독립유공자 포상 안내' 이 한 장의 서류에는 많은 사람들의 기다림과 간절한 바람의 눈물이 어려 있었습니다. 저는 한참을 그 문구를 들여다보다가 눈물 한 방울을 보태었습니다.

창원시 여성기획단원 활동을 하며 김명시 지사를 알고 매료됐습니다. 지역과 성, 시대의 굴레를 모두 뛰어넘은 한 멋진 여성을 만났기 때문입니다. 마산의 어시장에서 지아비 없이 생선 행상을 하면서 네 자녀 중 세 자녀를 독립운동가로

길러낸 어머니, 그리고 오빠와 남동생, 김명시 지사의 온 가족은 독립운동가였습니다. 하지만 사회주의 활동을 했다는 이유로 그들에게 돌아온 건 핍박과 죽음이었습니다.

지금의 잣대로 당시를 재단해선 안 된다는 생각이 들어 '딸들과 함께 쓰고 그리는 창원 여성 이야기 1, 백마 탄 여장군 김명시' 프로젝트를 기획하였습니다. 그리고 꿈꾸는산호 작은도서관에서 지역의 여고생들과 함께 김명시를 배우고 글과 그림, 손글씨로 표현했습니다. 이 결과물로 우리는 한국출판문화산업진흥원 우수출판콘텐츠 공모 사업에 당선되는 기쁨을 누렸는데 이어서 김명시 지사 서훈 소식까지 듣게 되니 이 놀라운 만남이 그저 감격스럽기만 합니다.

서훈 소식이 전해지고 난 직후, 우리가 함께 조성한 김명시 학교길의 벽화를 누군가 스프레이로 훼손했다는 안타까운 소식을 들었습니다. 우리 안의 분단이 여전히 깊고 생생하다는 사실이 참담했지만 이 또한 깨어있는 의식을 가진 시민들이 노력한다면 이겨낼 수 있으리라 희망을 가집니다.

스스로 김명시가 되어서 바쁜 시간을 쪼개준 열네 명의 어린 작가들에게, 우리 지역의 열린사회희망연대와 여성기획단에, 창원시 양성평등 기금 사업에, 좋은 책을 만들어 주신 학이사에 다함없는 사랑과 감사를 전합니다.

2022년 10월

새벽의 빛

그림_ 김지현(마산무학여고)

1부

명시는 열아홉 살인 1924년 11월에 러시아
로 유학을 떠난다.

결심

김지현 마산무학여자고등학교

"어머니, 그 많은 태극기를 다 어디다 쓰시려고요?"

"며칠 후면 알게 될 거란다."

명시의 어머니는 며칠 동안 밤낮 없이 태극기를 만들고 있었다. 명시의 질문에 어머니는 이유를 말씀하지 않았지만, 명시는 뭔가 큰일이 벌어질 것만 같은 느낌이 들었다. 어린 명시의 눈에도 어머니는 허튼 일이나 옳지 않은 일에는 눈길도 주지 않는 사람이었다.

어린 명시에게도 어머니는 절대 옳지 않은 일을 하실 분이 아니라는 생각이 들었다. 어머니는 지금까지 누구에게도 '어디 여자가?' 라는, 여자를 낮추는 흔한 말 한 번 하지 않는 분이었다.

어머니는 '남자든 여자든 사람은 배워야 한다' 는 말을 자주 했다. 그러면서 '사람이 독립해서 제 손으로 일해서 먹고 살듯 나라 또한 마찬가지다. 하지만 지금은 아무리 열심히 일해도 일본이라는 나라를 배 불리는 꼴'이라며 안타까워했다.

어머니는 독립하려면 힘이 있어야 하고 배워서 사람답게 살아야 한다고 했다. 그래서 세 끼를 다 챙겨 먹기 힘든 순간에도 자식들을 모두 학교에 보냈다.

그날, 처음에는 무슨 일인지 몰랐다. 나중에야 3.1 만세 시위라는 걸 알았다. 그날이었다. 어머니와 오빠가 속삭이던 배움, 독립, 사람다움이라는 말의 의미가 무엇인지 깨달을 수 있는 날이었다. 길에서 만나던 조선인과 일본인을 바라보는 시각이 바뀐 날이었다.

그날은 모든 사람들이 집에서 뛰쳐나와 시위에 참가했다. 명시의 어머니는 몰래 만든 종이 태극기를 마산의 좁은 거리를 가득 메운 사람들에게 나눠주었다. 사람들은 태극기를 흔들며 목이 터져라 '대한독립만세'를 외쳤다.

"어머니, 오빠!"

사람들로 가득 찬 거리로 칼을 휘두르며 달려오는 순사들을 보자 명시는 겁이 나 어머니와 오빠를 찾아다녔다. 만세를 부르던 사람들에게 순사들이 칼을 휘두르자 그곳은 아수라장이었다. 눈앞에 흩날리는 피로 앞도 잘 보이지 않았다.

명시의 눈앞에 경찰이 휘두르는 칼에 맞아 온몸이 벌겋게 물드는 사람들이 보였다. 그때였다. 피를 흘리며 쓰러지는 사람들 중에 흰 옷이 빨갛게 물들어 가는 아주머니, 엄마 손을 놓쳐 울고 있는 한 아이가 눈에 들어왔다.

그 아이를 본 순간 명시는 계속 입에서 어머니와 오빠를 부르던 말이 툭, 끊겼다. 오로지 굶주리며 어머니를 기다릴 어린 동생들이 떠올랐다. 명시는 동생들이 있을 집으로 재빨리 뛰어갔다.

"형윤아!"

"복수야!"

명시는 집 밖에 나와 가족을 기다리던 어린 동생들을 데리고 방으로 들어가 문고리를 잡았다. 손에 아무런 감각이 없어질 때까지 꼭 붙잡았다.

"누나, 나 밖에 나갈래."

"안 돼! 오늘은 누나랑 방 안에 가만히 있자."

그렇게 동생들을 붙잡고 있던 명시에게 갑자기 알 수 없는 조바심이 밀려들다가 이어 걱정과 공포, 그리고 수치심이 밀려왔다.

'밖에선 어머니와 오빠에게 큰일이 벌어지고 있는데, 어

쩌면 죽을지도 모르는데, 난 동생들 때문에 꼼짝할 수가 없다.'

'아니, 어쩌면 난 동생 핑계로 바깥의 무서움을 피하고 싶은 것인가?'

이런 생각이 스치며 얼굴 위로는 식은땀이 아닌 아까 보았던 피가 흐르는 기분이었다. 그런 기분이 들며 부끄러움과 공포, 무력함이 동시에 느껴졌다. 그 순간 동생이 잡은 손이 마치 살려 달라고 애원하는 사람의 손길처럼 느껴졌다. 지금 자신이 방 안에 있는 동안 어머니와 오빠처럼 얼마나 많은 조선인들이 목숨을 걸고 저항하고 있을까. 그리고 얼마나 많은 사람들이 목숨을 잃어 가고 있을까. 가족을 위해 할 수 있는 것이 이렇게 숨는 것밖에 없을까. 동생들을 핑계로 아무것도 할 수 없는 자신이 너무나 창피해졌다.

'이 다음엔 다시는, 다시는 피하지 않을 거야. 저 거리에 나도 서 있을 거야!'

명시는 이를 악물며 그렇게 다짐했다.

기다리던 어머니와 오빠는 밤이 깊어도 돌아오지 않았다. 나중에 집으로 돌아온 건 만세 시위에 참여했던 어머니와 오빠가 헌병들에게 잡혀갔다는 소식이었다. 그 소식을 들은 순간 명시는 다리에 힘이 풀려 주저앉았다. 마치 자신 때문인 것만 같았다. 그날 동생들을 생각해 집으로 바로 뛰어오지 않고, 어머니와 오빠를 찾아 같이 집으로 왔더라면 잡혀 가는 일이 없었을 거란 생각도 들었다. 하지만 당장 동생들을 돌봐야 했다. 이제 열세 살인 어린 명시는 어머니와 오빠 없이 보내야 할, 언제 끝날지 모를 날들이 아득했다.

마산 바닷가 판잣집 동네에도 한 집 건너 잡혀간 가족이 있었다. 그나마 명시도 그들과 함께 소식을 주고받고 서로를 걱정하며 하루를 보낼 수 있었다. 명시 또한 그들과 함께 때로는 삼촌과, 때로는 시집간 언니와 보리밥을 삼베 보자기에 싸 들고 유치장을 찾아갔지만 어머니와 오빠의 얼굴은 볼 수 없었다.

억, 억, 억-.

명시가 동생들만 있는 집을 지키는 동안 집 근처에서는 매 맞는 사람들의 신음 소리가 계속 들려왔다. 그런 소리를 들을 때마다 어머니와 오빠의 생사만이라도 알고 싶었다.

'어머니, 오빠, 제발 살아서 돌아만 와 주세요.'

15일 후, 오빠가 어머니보다 먼저 집으로 돌아왔다. 그때 명시는 길을 잃어 헤매다 다시 길을 찾은 기분이었다. 열세 살이라는 나이에 잠시나마 한 집의 가장이 되어보니 가장이

그림_ 김지현(마산무학여고)

라는 자리가 얼마나 무거운 짐이었는지 알 수 있었다. 그때 수척한 오빠의 반가운 얼굴을 보자 이루 말할 수 없이 기뻐 훨훨 날아갈 것만 같았다.

그런데 풀려난 것을 기뻐할 줄 알았던 오빠는 더 무거운 벌을 받고, 더 오래 감옥에 있지 못한 것이 분한 듯 말했다.

"감옥에서도 못 배운 놈이라고 차별을 하더구나."

오빠의 그 말을 듣는 순간 명시는 마음 깊이 무언가가 끓어오르는 기분이었다.

"학교도 안 다니고 선창가 굴러다니는 놈이라고 순사들조차 내 말은 귓등으로도 안 들어. 아무런 생각도 없는 무지렁이라는 거지."

오빠가 돌아오고 한 달이 지나서 어머니도 집으로 왔다. 어머니는 태극기를 만들어 돌린 만세 시위 주동자로 몰려 남들보다 배로 고문을 당한 탓에 제대로 걷지도 못했고, 온몸에 멍 자국이 나 있었다. 생선 장사를 하셔서 뜨거운 햇빛 아래에 늘 새까맣게 타 있던 어머니의 몸은 이제 푸른색이 되었다. 누워 계신 어머니를 대신해 명시는 동생들을 돌보았고, 학교를 가는 날이면 어린 여동생을 혼자 놔둘 수 없어 학교에 업고 갔다. 수업을 하는 동안 동생을 혼자 운동장에 놔두니 영 마음이 쓰여 집중이 되지 않았다.

오빠 김형선은 경찰서에서 나오자 다시 일하러 나갔다. 오빠는 저쪽 바닷가 근처 간이 농업학교에 다니다 월사금을 못 내어 그만둬야 했는데, 명시 또한 보통학교(초등학교)를 졸업하면 공부를 계속할 처지가 못 되었다.

명시가 마산공립보통학교(현 성호초등학교)를 졸업하고 몇 달 지나자 오빠가 명시에게 기쁜 소식을 알렸다.

"명시야, 드디어 네가 서울로 가서 공부를 계속 할 수 있게 되었다."

얼마 전 미곡창고에 취직한 오빠 김형선이 가장 먼저 명시 학교를 알아본 모양이었다.

"전에 경성에서 온 김태연(김단야) 형 알지? 태연 형이 소개해 줘서 허정숙 씨가 배화여고보에 들어갈 수 있게 해놨대."

모든 것이 낯선 경성이었지만 또한 한편으로는 오빠와 같은 뜻을 품고 있는 많은 동지들이 있어서 외롭지도 무섭지도 않았다. 그들은 3.15 만세 시위로 학교에서 쫓겨나거나 구금당했다가 독립운동에 뜻을 품고 상해며 만주며 러시아로 갔던 사람들이었다. 지금은 경성으로 돌아와 조선공산당 창당을 극비리에 준비하고 있던 박헌영, 김단야, 임원근, 주세죽, 허정숙 등이었다.

배화여고보에서는 다 좋았지만 평상시 입던 편한 옷과는

달리 단체복과 단화를 신는 것이 무척 불편했다. 하지만 그마저도 졸업을 하지 못하고 그만두게 되었다. 청년단체를 만들어 노조와 사회주의 활동을 하던 오빠가 체포되었기 때문이다. 명시는 졸업을 못 할 수도 있다고 생각을 하며 다녔기 때문에 큰 아쉬움이나 미련은 없었다. 하지만 무언가 배우고 싶다는 욕망은 남아있었기 때문에 학교를 그만두고도 명시는 학교에서 쓰던 일본어 교재로 틈틈이 공부를 했다.

감옥에서 나온 오빠는 집에 와서 명시에게 진중히 얘기를 시작했다.

"일본이 조선을 침략한 것은 제국주의 때문이다. 우리 민족이 잘 살려면 일본을 물리치고 혁명을 일으켜 농민의, 노동자의 나라로 만들어야 한다. 민중이 잘 살게 되는 것이 바로 사회주의혁명이다."

평소 착하고 순하던 오빠의 입에서 혁명이라는 말을 들은 순간 명시는 그동안 오빠에게서 평소와 다른 무언가 변화가 있었음을 눈치 챘다. 하지만 그 변화가 무엇이든 명시는 오빠의 뜻을 따르리라 결심했다.

1925년 4월 27일, 경성에서 조선공산당 창립과 동시에 명시는 오빠와 함께 당원으로 가입했다. 120여 명의 창립당원

중 나이가 어린 명시는 사람들의 기대와 주목을 많이 받았다. 하지만 명시는 자신이 어리다고 생각하지 않았다. 어쩌면 명시는 누구보다 빨리 어른이 되었을지도 모른다.

"명시야, 러시아에 가서 공부해 보는 게 어떻겠니? 동방노력자공산대학이라는 곳인데 코민테른(공산주의 국제연합)에서 전 세계의 혁명가를 기르기 위해 교육하고 지원해 주는 곳이란다. 노동자, 농민이 세운 신생 혁명의 나라에 가서 마음껏 공부하고 거기서 미래의 혁명가들과 교류하는 거지."

머나먼 나라 러시아 모스크바라는 말에 어머니와 어린 동생들의 얼굴이 먼저 스쳐 지나갔지만 이런 기회는 놓치고 싶지 않았다.

1925년 10월, 명시는 조선공산당이 파견하는 1차 조선유학생이 되어 러시아로 가게 되었다. 1차 선발은 신분이 확실한 사람들의 추천이 있어야만 갈 수 있어서 러시아 고려공산당 책임자인 김단야는 고명자와 김명시, 그리고 조봉암의 부인 김조이 등 세 여자를 21명의 명단 속에 넣었다. 이어 남자 유학생들이 먼저 출발했고 여자 셋은 블라디보스토크에서 만나 기차를 타기로 했다. 고명자와 김조이는 박헌영, 주세죽, 김단야의 배웅을 받으며 경성에서 출발해 블라디보스토크로 갔으나 명시는 혼자 부산으로 가 일본 나가사키행 밀항선을

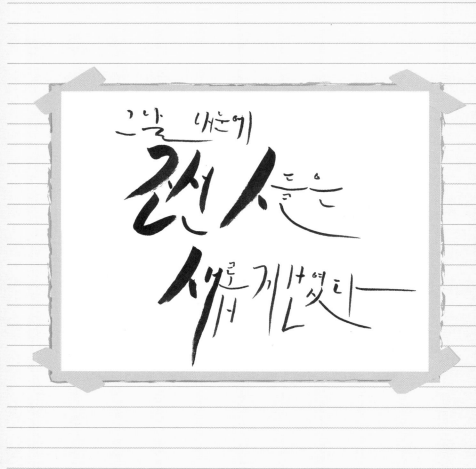

타고 상해를 거쳐 블라디보스토크로 갔다.

무사히 블라디보스토크에 도착한 명시는 김조이, 고명자와 함께 모스크바행 횡단열차를 탔다. 안내인 한 명이 딸린 4인용 침대칸이었다.

그동안 긴장감 속에서 일본과 중국 두 나라를 거쳐 오느라 기차 안에서 명시는 흥분해 있었다. 신분이 보장된 혁명의 나라 러시아에서라면 무엇이든 다 잘 할 수 있을 것만 같았다. 그래서인지 명시에겐 기차가 달릴 때마다 바뀌는 창밖 풍경이 무척이나 예뻐 보이기까지 했다.

"언니, 눈이 너무 아름다워요."

눈이 흩날리고 있었다.

잠에서 깬 고명자는 그런 명시를 신기하다는 듯이 바라보았다.

"차갑기만 한 눈이 뭐가 좋니?"

"하얀 게 빛을 받으면 반짝이고 너무 예쁘지 않나요?"

"넌 젊어서 그런가 보다. 난 벌써 추워서 덜덜 떨 생각밖에 안 들어."

김조이와 고명자도 창가로 다가왔다. 멀리 눈 속에서 노는 아이들의 모습이 그림처럼 아름다웠다. 그 아이들은 명시의 동생들 또래 정도로 보였다. 동생들이 해맑게 뛰노는 모습을

본 게 몇 년 전인지 기억이 없었다. 동생들도 눈이 오면 좋아할 텐데, 왠지 자신만 이런 아름다운 풍경을 보는 게 미안해졌다.

"러시아는 씩씩하고 행복한 나라야. 우리는 언제쯤 이렇게 마음 놓고 행복하게 살 수 있을까?"

기차는 계속해서 달렸다.

셋은 목적지로 가는 동안 고향 이야기도 하고, 서로 러시아식 이름도 지어주면서 시간을 보냈다. 마침내 기차가 모스크바에 도착했다. 역에는 먼저 도착한 조선인 유학생들이 그들을 마중 나와 있었다. 그들에게 안내인이 말했다.

"저희 동방노력자공산대학에 오신 것을 환영합니다. 꽤나 먼 길이었을 텐데 고생 많으셨어요."

그들은 기숙사로 가기 전 러시아 공산당 창설자이자 국제노동혁명가인 레닌 동상에 참배를 하고 곧장 동방노력자공산대학 건물로 향했다.

KYTB

"카우트브, 조선어로 이곳의 약자입니다."

통역이 해준 말을 듣자 뭔가 진짜 대학에 온 것 같았다.

웅장한 석조 건물이었다. 근처에 동방노력자공산대학 조선학부 건물이 따로 있었다. 명시는 이곳 러시아에 얼른 익숙해지고 혁명의 기운이 넘쳐나는 도시와 하나가 되고 싶었다. 마자르는 조선에서 온 세 여자를 보고 흐뭇하게 웃으며 다가왔다.

"세 동지는 조선에서 저희 대학에 오신 첫 여성분들이십니다. 그런 만큼 더 떨리시겠군요. 저희 공산당의 기본 조직은 트로이카입니다. 여러분은 이곳 최초의 여자 트로이카가 되겠군요. 앞으로의 활동을 기대하겠습니다."

마자르의 말에 세 명의 조선 여성들은 어느덧 긴장이 풀리고 의욕으로 눈빛에 생기가 돌았다. 그렇게 일제 식민지라는 올가미에 갇힌 조선에서 막 풀려나온 세 여자는 혁명의 수도 중심에 서 있었다.

참새언덕의 제비들

이예지 한일여자고등학교

폭설이 내리던 날, 기차의 삼등 객실에는 모습만 보면 조선인 농부들과 별 차이 없어 보이는 가난한 러시아인들로 가득했다. 세 명의 조선 여자가 탄 4인승 일등칸 쿠페라 통로로 나가면 나무문이 늘어선 반대편에 적당한 간격으로 유리창이 있었다. 그곳에 배치된 의자에 앉아 세 여자는 음료를 마시며 밖을 내다보고 있었다.

"눈은 봐도 봐도 질리질 않아요. 나는 눈이 정말로 좋아요!"

명시의 말에 고명자가 입술 사이로 담배 연기를 내뿜으며 말했다. 고명자는 어머니 앞으로 편지 한 장 달랑 남겨놓고는 도망쳐 왔다. 어쩌면 지금쯤 집이 발칵 뒤집히다 못해 어머니가 오빠를 앞세우고 신문사로 김단야를 찾아 쳐들어갔을지도 모를 일이었다.

"눈 보기가 어려운 남쪽에서 자랐으니 그렇지. 내 고향 충청도 부여에는 초겨울이면 눈 치우는 게 일이었어. 중국 쪽 바다에서 눈이 엄청나게 몰려오거든."

기차는 며칠을 더 달려 바이칼호 근처 이르쿠츠크를 지나 스베르들롭스크로 들어섰다. 그곳은 온전히 유럽풍의 도시였다. 동양인이 서양 건물을 흉내 내어 지은 것처럼 어색하고 값싸 보이던 다른 도시와는 다르게 시내의 건물들이 여간 고풍스러운 게 아니었다. 또한 빈 선로 위를 어슬렁대는 몇 마리의 돼지들과 꼼꼼히 싸맨 여자들이 눈을 치워 쌓아 놓은 것 또한 눈에 띄었다.

기차에서 내린 세 여자는 설탕에 재운 매실을 넣은 따뜻한 음료를 홀짝였다. 김조이는 경남 창원의 3백 마지기 유복한 집안에서 자라나 조봉암과 작년 6월에 결혼했다. 이후 신혼다운 신혼도 누리지 못하고 이번 유학으로 부부가 이별을 하게 된 것이다. 1904년생인 김조이나 고명자는 1907년생인 명시에게는 오빠와 같은 터울을 가진 언니들이었다. 게다가 모두 결혼을 하거나 연인이 있는 처지였다. 김조이가 물었다.

"우리 러시아어 이름을 뭐라고 지을까?"

조선을 막 벗어난 세 여자는 모스크바에 있는 동방노력자

그림_ 이예지(한일여고)

공산대학으로 향했다. 일명 모스크바 대학인 동방노력자공산대학은 동양의 여러 나라 유학생들이 신생 러시아 정부의 지원으로 무상으로 공부를 했고, 귀국 후에는 활동을 위해서 모두가 가명을 사용해야 했다. 그러자 고명자가 말했다.

"나는 정했어, 시베리스키로 할 거야. 시베리아에서 다시 태어난 혁명가, 괜찮지?"

김조이가 손가락을 저으며 말했다.

"아니지, 스키는 남자 이름이니 여자는 스카야로 해야지. 시베리스카야, 앞으로 그렇게 불러줄게."

"시베리스카야? 멋지다, 애!"

그런 대화를 나누고 있는 그들의 눈앞에 멋진 마차가 도착했다. 통 넓은 러시아 치마에 조끼와 숄을 걸친 후 그 위에는 담요 같은 것으로 덮은 여자들이 내리더니 시끌벅적하게 대합실로 들어오고 마차는 폭설 속으로 사라져 버렸다.

"귀족들의 재산이 전부 민중의 것이 되었나 봐요. 정말 멋지지 않아요? 만민 평등의 공산주의 세상, 얼마나 좋아요! 내 가명은 스베츠로바로 할래요. 혁명가 스베르들로프처럼 살려고요!"

명시의 말에 김조이가 화답했다.

"그래? 그럼 나는 혁명작가 마야콥스키를 따서 마야코바로 할래."

세 여자의 가명은 시베리스카야, 스베츠로바, 마야코바로 앞으로 만들어질 가명들 중 첫 번째 이름이었다.

시간이 흘러 모스크바로 들어갔을 때는 여행 중 최악의 눈보라를 만났다. 그러나 눈보라는 기차가 알렉산드로프역을 출발해 모스크바 변두리로 접어들 즈음 잦아들었다.

"드디어 혁명의 성지 모스크바예요!"

명시는 여행 중 즐겨 먹던 설탕 절인 자두를 헝겊으로 감싸 가방에 넣으며 흥분했다.

역사에는 조봉암의 동생인 조용암과 권오직이 보였다. 그들은 먼저 모스크바에 도착한 남자 유학생들 몇 명과 함께 서 있었다. 그의 뒤에는 러시아인 간부와 고려인 통역사가 기다리고 있었다.

이동 중 코민테른 간부의 말을 고려인 통역사가 통역해 주었다.

"조선에서 오신 혁명가 동무들, 기숙사로 가기 전에 먼저 레닌 선생 묘지부터 참배하러 가겠습니다. 괜찮겠지요?"

레닌이 죽은 지도 두 달, 그의 시신이 방부처리 되어 '붉은 광장' 지하 묘지에 안치되어 있다는 이야기는 국내 신문에서도 보도하여 잘 알고 있었다. 레닌의 묘소에 선 세 조선 여자는 모자를 벗고 잠시 고개를 숙여 묵념을 한 후 밖으로 나왔다.

승합차를 타고 하얀색의 2층 건물로 향했다. 정문 앞에는 'KYTB'라는 청동 간판이 있었다. 통역자가 말했다.

"카우트브, 조선어로는 동방노력자공산대학의 약자입니다."

교관 마자르가 일행을 맞이했다. 자신을 폴란드 사람이라고 소개한 뒤, 차를 대접하며 간단히 학교 소개를 해주었다.

"우리 대학은 동양의 사회주의 혁명을 이끌어갈 지도자를 양성하는 기관입니다. 2년에서 3년으로 교육을 하나 충분한 능력을 갖췄다고 판단되면 일찍이 임무를 받고 활동하게 됩니다. 수업은 러시아어와 각국의 언어로 진행되어 통역이 도와주게 될 것입니다. 아시겠지만 수업료와 기숙사비는 무료

이고 매달 소정의 급여까지 받게 됩니다. 그러니 마음 놓고 공부하고 생활하십시오. 여러분 평생에 가장 행복한 시간이 되리라 믿습니다. 아! 그리고 여러분은 공부하는 동안 엄정한 심사를 거쳐 소련 공산당에 가입하게 될 것입니다."

수업은 거의 러시아어로 진행되었다. 교과목은 교양 과목과 세계혁명사, 유물론과 변증법, 민족 문제, 농민 문제, 제국주의론 등이었다. 그리고 많은 시간을 자유로운 토론으로 혁명 이론이나 사상의 기반을 다져나갔다.

그날도 어김없이 토론하던 중이었다. 한유준의 발언을 끝으로 토론은 끝이 났다. 토론 시간이 끝나자 다들 난생처음 보는 오페라 공연에 가기 위해 서둘러 옷을 챙겨 입었다. 막 일어나려는 그때 마자르가 학생들에게 말했다.

"아, 말 나온 김에 콜론타이 여사의 정치적 오류로 지적되고 있는 당내 좌파 그룹 '노동자의 반대' 문제는 다음 시간에 토론해 봅시다. 여러분 오페라 관람 즐겁게 하십시오."

"감사합니다."

일제히 러시아어로 인사를 한 후 강의실을 빠져나왔다.

"보스토코프 동무!"

식당으로 가는 길에 명시가 한유준 옆에 딱 달라붙으며 말했다.

"토론장에서 한 만주 이야기 재미있었는데 다시 들려주지 않겠어요?"

"좋지요! 언제요?"

"이번 휴일에 참새언덕에 가요."

"바라뵤비언덕 말입니까? 좋지요!"

바라뵤비언덕은 광활한 들판에 형성된, 모스크바 시가를 한눈에 내려다볼 수 있는 나직한 둔덕으로 레닌언덕이라 부르기도 하지만 참새언덕이란 재미있는 이름으로 더 많이 불렸다.

극장은 가까웠다. 통역을 따라 들어가니 실내 광장은 소용돌이치듯이 미리 온 관람객들로 북적거렸다. 통역자가 설명해 주었다.

"관객의 대부분은 공장 노동자들과 그들의 가족입니다. 계급장을 보면 아시겠지만, 군인이라도 대개 말단 병사들입니다. 차르 시절에는 귀족이나 장교가 아닌 노동자나 일반인이 이곳에 오는 일은 상상할 수 없었지요. 저도 그렇습니다만 동양계 소수민족이 이곳까지 올 일도 거의 없었고요."

실내 광장은 그 자체가 구경거리였다. 매점에는 먹을거리와 음료수, 주류를 팔았는데 조선인 학생들도 사서 나눠 먹었다. 조선인 학생들은 긴 의자 하나를 차지하고는 주위에 빙 둘러서서 포도주를 병째 돌려 마시고, 남이 먹던 빵도 기꺼이 받아먹었다. 포도주를 마시던 한유준에게 명시가 물었다.

"한유준 동무, 저도 한 모금 할 수 있을까요?"

"좋지요!"

다시 병을 받은 한유준은 명시의 입술이 닿은 술병을 가져다가 한 모금 마시고 옆 사람에게 건넸다. 마치 명시의 입술이 닿은 술병을 다른 남자에게는 허용하지 않겠다는 것 같았다.

벨 소리가 울리고 공연이 시작됐다. 베르디의 「아이다」 무대를 본 명시는 저도 모르게, "아, 굉장하다!"라고 큰소리를 내고 말았다. 명시는 처음 보고 들어본 무대와 관현악 연주에 도취하였다.

휴일에 한유준과 참새언덕에서의 밀회는 어느새 끝없이 이어지는 정치 이야기로 작은 학습 모임처럼 되어가고 있었다. 그러면서 명시와 한유준은 모스크바 강변을 산책하기도 하고 붉은 광장에 바실리 성당과 굼 백화점, 레닌 묘를 몇 번이나 돌면서 1926년 봄을 맞이했다.

둘의 나이는 별로 차이가 나질 않았다. 명시는 갓 스무 살, 한유준은 스물셋이었다. 두 사람은 주로 미래에 관한 이야기

그림_ 이예지(한일여고)

를 했다. 조국의 미래, 세계의 미래, 혁명가로서의 미래에 대해 함께 꿈꾼다는 것은 둘을 이어주는 것과 동시에 서로를 사랑하는 방식이었다.

1926년 10월 며칠에 걸쳐 열린 조선인 유학생들의 첫 번째 전체 토론회가 그 절정이었다. 기초 발제를 맡은 교관 마자르는 조선 혁명의 결정적 시기가 도래한다고 주장했고, 한유준은 이 혁명의 성격은 여러 계급과 손잡은 인민민주주의 혁명이지만 사회주의자들이 혁명의 주도권을 잡아야 한다고 발언했다. 그는 민족주의 부르주아지로부터 프롤레타리아트가 전취해야 한다고 주장했다.

여기에 대해 조용암이 반론했다. 조선은 일본 제국주의의 힘이 너무나 강하고 대부분이 일제 밑 소작농 신세라 노동자계급은 적은 편이며 프롤레타리아트의 힘이 약해 민족주의 부르주아지의 힘을 이용하는 것이 그나마 유효한 전략이라고 말을 이었다.

이때 명시가 손을 들었다.

"나시고프 동무! 만약 전사가 총탄이 한 개밖에 없다고 싸움을 그만두어야 할까요? 우리는 서구 선진국들을 제쳐놓고 공장노동자가 7백만밖에 안 되었던 러시아에서 혁명이 성공한 것을 배워야 한다고 봐요. 그렇지 않은가요?"

조용암은 명시를 살피며 발언했다.

"스베츠로바 동무, 지금 민족주의자 부르주아지들은 언론과 교육기관, 문화계의 권력을 쥐고 있습니다. 그들을 끌어들이지 않으면 우리는 이중 삼중의 적을 갖게 됩니다. 심지어 수구파라도 끌어들여야 하지요. 우선은 민족주의자들과 힘을 합쳐 조선을 해방한 후에 사회주의 혁명으로 나가면 됩니다. 나는 좌우를 합친 전국적 통일전선을 만들도록 조선공산당에 지령을 내려야 한다고 봅니다."

예리한 눈으로 통역의 말에 귀를 기울이던 마자르가 나섰다.

"여기서 가장 중요한 것은 스베츠로바 동무의 지적이라 봅니다. 중요한 것은 우리 공산주의자들이 무엇을 하느냐, 어떻게 하느냐에 달린 것 아니겠습니까? 혁명적 정세가 낙관적이라고 해서 저절로 혁명이 이루어지진 않습니다. 계급구성이 불리하다고 해서 혁명의 고삐를 부르주아지에게 넘긴다는 것은 패배주의요, 반계급적 행동이라 봅니다."

한유준이 다시 발언권을 얻어 말했다.

"우리는 민족주의 부르주아지의 존재를 과소평가해서는 안 될 것입니다. 그렇다고 그들과 손잡는 일을 두려워할 필요도 없다고 봅니다. 관념적 급진주의도 패배주의도 모두 경계

해야 한다고 봅니다."

이렇게 시작되었던 토론은 닷새 동안 계속되었다. 학교 측에서는 자유토론에 그 어떤 제약도 가하지 않았고 속기사가 모든 발언을 기록하도록 했다. 수업 시간에는 담배를 피우지 않는 게 교칙이었으나 토론 시간에는 담배도 피울 수 있게 해주었다. 학생들은 자신들이 새 역사를 만드는 주역이라고 믿었다.

하지만 20년 후 자신들이 실제로 국가 권력을 쥐게 된다는 것, 그리하여 서로를 죽이는 날이 오리라는 사실은 아무도 몰랐다. 조국 해방에 대해서는 학생들의 의견은 하나였다. 학생들은 40원씩 받은 월급에서 10원씩 떼어 매달 400원을 모아서 국내 연락책 권오설을 통해 조선으로 보냈다. 권오설은 그 돈으로 1926년 6월 10일에 대규모 만세운동을 일으키는 데성공했다.

레닌 사후 러시아 공산당 내부 권력투쟁의 바람이 돌연 역풍이 되어 모스크바를 타격한 것은 1927년 여름이었다. 레닌이 그의 권력을 이어받을 후계자를 지명하지 않고 사망했기 때문에 어제의 혁명 동지들이 서로를 공격하는 험악한 시기로 접어들고 있었다. 그런 어수선한 분위기는 동방노력자공산대학 학생들에게는 가혹했다. 그들의 희망이자 미래 건설

할 조국의 이상적인 모습인 러시아에 금이 가고 있는 시기였기 때문이다.

1927년 6월에 국제공산당 코민테른 집행위원장 부하린이 동방노력자공산대학을 방문했다. 30대 후반의 젊은 나이에 어울리지 않는 뒤통수만 남은 대머리에 두툼한 콧수염을 기른 부하린은 동그란 눈에 밝은 표정을 짓고 있었다. 동방노력자공산대학이야말로 국제공산당(코민테른)이 가장 역점을 두고 있는 사업이었다. 선동가로 유명한 그는 교수인 지노비예프와 장시간 면담 후 돌아갔다. 그리고 얼마 후 교내 정풍운동이 시작되었다.

스탈린은 혁명 10년 만에 모든 권력을 장악했고, 따라서 백위군과의 내란에서 국방장관으로서 승리를 이끌어 낸 트로츠키는 1924년 제13차 당 대회에서 비판받아 한직으로 밀려나 버렸다. 레닌의 가장 가까운 벗이자 동지인 지노비예프는 아직 코민테른 의장직을 유지하고 있었으나 언제 정치 생명의 줄이 끊어질지 알 수 없는 위태로운 상황이었다. 소문은 순식간에 퍼졌고 조선 유학생들이 술렁이자 마자르가 단언했다.

"스탈린 동지는 18세기 프랑스 혁명의 경험을 잊지 않고 있습니다. 혁명이 성공한 뒤 권력을 잡은 자코뱅이 혁명 동지들을 무참히 단두대에 올린 끝에 자기 자신들까지 목이 잘렸던 어리석음은 되풀이되지 않을 것입니다. 여러분은 이 문제에 대해 아무런 걱정을 할 필요가 없습니다. 스탈린 동지만 믿으면 모든 일이 해결될 것입니다."

상황은 하루가 다르게 달라졌다. '반트로츠키주의' 라는 신조어가 만들어져 모든 나쁜 일을 지칭하는 단어가 되었고 지노비예프도 곧 실각할 것이라는 소문이 돌기 시작했다. 그리고 학생들 내부에서 정풍운동도 시작되었다. 조선반의 제2차 전체 토론회는 공산대학 정풍운동이 시작이었고, 칠판에는 그 주제가 쓰여 있었다.

'우리 내부의 종파를 일소하자'

첫 발언은 박세현이었다. 그는 보통 학교도 나오지 못하여 어렸을 때부터 인쇄공으로 일하며 노동조합운동을 했다. 그는 1927년에 새로 온 조선공산당 제3차 유학생이었다.

"저는 열네 살 때부터 8년간 노동자 생활을 했고 여러 공장에서 일했습니다. 우리는 노동자의 입장으로서 이 공산대학에 왔습니다. 우리 이전에는 이곳에 노동자가 존재하지 않았고, 우리가 여기에 날아온 최초의 제비라는 것을 알았을 때 우리는 특히 노동자들의 피를 느꼈습니다. 우리는 무거운 책임을 떠맡고 있습니다. 우리는 공부할 것이고 교육을 받은 뒤에는 조선으로 돌아가서 실제로 공산주의 이상을 실현하는 최초의 제비가 될 것입니다.”

3차 유학생 대다수는 노동자였다. 초기의 지역 유지거나 지식인층 출신이 대다수였던 공산당원들과 가장 큰 차이점이다. 박세현의 연설은 노동자 출신답게 쉽고 재미있었다. 그러나 그 내용만은 날카로웠다.

“지금 조선의 공산주의 운동은 하얀 손들의 운동입니다. 즉 인텔리겐치아의 운동인 겁니다. 인텔리들은 자신의 집에 앉아서 우리 노동자를 불러 뭘 하라고 지시하거나 또는 정보를 얻기 위해 부르는 것이죠. 이렇게 노동을 하지 않는 것 자체가 문제일 수는 없겠지요. 진정한 문제는 몇몇이 무리 지어 자기들만 옳다고 파벌을 만드는 인텔리들의 마음속에는 먼저 ‘나의 종파’가 있다는 것입니다. 일제와의 문제는 뒷전이고 우선 자기 종파의 문제에만 신경 씁니다. 그들에게는 공동투쟁이란 없습니다. 오로지 종파투쟁만이 있을 뿐입니다. 그들은 자기 체면과 자기들의 정치적 이익만 계산하고 있습니다. 하얀 손의 지식인 여러분께 말씀드립니다. 조선으로 돌아가거든 부디 공장에서부터 시작하십시오. 본인 자신부터 프롤레타리아트가 되어 우리 노동자들의 심정을 헤아려야 저 제국주의와 싸울 수 있는 강한 당을 만들 수 있습니다. 3년이든

5년이든 기름 묻은 밥을 먹고 땀에 홀딱 젖은 옷을 입어보지 않은 사람이, 그럴 자세도 갖추지 않은 사람이 어찌 공산주의자라고 자칭할 수 있겠습니까?"

모두 침묵을 지키고 있을 때 고려인으로서 김호반이 말했다.

"우리 모두 공장으로 들어가 세포를 만든 다음에 수백 개의 세포조직이 모여 당을 조직하자고 하는 말인가요? 저는 정반대라고 봅니다. 우리에게는 이미 조선공산당이 있습니다. 또한 국제공산당인 코민테른이 있습니다. 두 당의 지도 없이 밑바닥부터 다시 시작하라는 말은 러시아 혁명 초창기에 나타났던 인민민주주의 운동의 실패를 반복하자는 말과 같다고 봅니다."

김호반의 주장 이후에 많은 사람이 손을 들며 발언을 하려고 하였다. 마자르는 그중에서 명시에게 기회를 주었다.

"여기서 가장 중요한 것은 실천이라 봅니다. 이 학교에는 이미 1921년부터 조선인이 입학했었습니다. 그런데 졸업생 중 단지 소수만이 조선으로 돌아갔다고 들었습니다. 지금 이 자리에서 큰 소리를 지르는 동무 중에서도 그런 사람이 생길 것입니다. 그런 동무들은 조선 혁명에 전혀 보탬이 될 수 없는 사람들이지요. 죽음을 두려워하지 않는 용기를 배우지 못

한다면 우리가 왜 이곳에서 이 아까운 시간을 보내야 합니까?"

명시의 발언이 끝난 후 한유준이 일어나 발언했다.

"공산주의자에게는 민족이나 나라도 중요하지 않습니다. 오로지 세계 프롤레타리아트의 해방을 위해 존재할 뿐입니다. 이 자리에 모인 우리에게는 더는 어떤 파벌 의식도 남아 있어서는 안 됩니다. 우리는 모두 국제공산당의 일원으로 하나가 되어야 합니다."

이때 이르쿠츠크에서 온 고려인이 발언권을 얻었다. 그는 한쪽 눈이 찌그러져 시력을 거의 잃은 후였다.

"나의 아버지는 파산한 노동자였습니다. 우리는 고향에 머물 수가 없어 러시아 연해주의 이르쿠츠크로 이민을 오게 되었습니다. 광산에서 만 루블을 모아 고향으로 돌아가는 게 소망이었지요. 그러나 6년 동안 뼈 빠지게 일한 결과 이렇게 불구자가 되었을 뿐입니다. 1917년 혁명이 성공한 뒤에도 백위와 도적놈들이 우리 탄광을 계속 지배했습니다. 혁명의 바람이 불어오면서 내가 노동자임을 깨닫게 되었죠. 나는 적위군 내의 조선인 부대에 입대했습니다. 그런데 여러분들도 알겠지만, 그 자유시 참변이 일어나게 됩니다. 소련공산당 적위군으로서 나는 총을 쥐고 조선인들을 사살했습니다. 상부에

명시의

KYTB

생활

서는 그들이 소비에트를 붕괴시키려는 반동분자들이기에 죽이라는 명령을 내렸습니다. 조선인 반대 파벌이 그들을 모함한 것입니다. 그들은 일제에 대항해 싸우던 조선독립군이었는데 우리는 그 사실을 알지 못하고 간부의 명령에 따라 천 명이 넘는 동포들을 학살하고 말았습니다. 나는 이 사건을 평생 잊지 못할 것입니다. 생각만 해도 죽고 싶도록 수치스럽고 분노가 치밀어 오릅니다. 조선인 사이의 분파주의, 종파주의가 그 끔찍한 학살을 불러왔다는 사실을 여러분도 결코 잊어서는 안 됩니다. 내부 분열은 적의 백만 대군보다 더욱더 무섭다는 사실을 알아야 합니다. 여러분 제발 모든 종파 투쟁을 중단해 주십시오."

다들 무거운 표정을 짓고 있었다. 이때, 고명자가 처음으로 발언권을 얻었다. 고명자는 여성 문제에 관한 논쟁 외에는 좀처럼 자신을 드러내지 않아서 얌전하고 사근사근한 여자로 소문 나 있었다. 그런 고명자가 종파 문제에 대해 발언한 것은 의외였다.

"종파 투쟁의 근원은 종파가 각기 다른 사람들이 유일무이하게 자신들이 옳은 이론을 가지고 있다고 믿는 데서 온다고 봐요. 전 이렇게 말하지 않는 종파주의자를 본 적이 없어요. '우리 분파가 비록 세력은 약하지만 우리는 전위이며 미래의 공산당을 건설하는 데 필요한 사회주의 혁명 분자들로만 구성되어 있다.'라고 말이에요. 앞으로는 그 누구도 이렇게 말해서는 안 된다고 봐요. 우리가 싸워야 할 대상은 동지가 아닌 적들이죠."

고명자의 발언을 마지막으로 토론은 끝이 났다. 마자르는 언제나 여유로운 표정으로 토론을 이어갔는데 이날만큼은 줄곧 어두워 보였다. 보통은 발언 하나하나에 대해 평가를 했는데 그날은 총평 또한 짧았다.

"공산주의 운동이 성장하면서 종파주의로 골치를 앓고 있습니다. 종파를 없애자는 토론이 오히려 종파 투쟁을 더 부추기는 결과로 나타나기도 합니다. 그래도 나는 희망적으로 봅니다. 왜냐하면 종파를 강화하자고 말하는 동무는 없기 때문입니다. 누구나 종파를 해체하고 일치단결해야 한다고 목소리를 높이고 있으니 그것이 바로 희망이 아니겠습니까? 자, 오늘 토론은 여기서 마치도록 하겠습니다."

그 이후에도 토론은 몇 차례 더 지속되었고 조선에서의 행적을 끄집어내어 언쟁을 벌였으나 꽤 평화적으로 이루어졌다. 난상토론 끝에 몸싸움하며 서로의 파벌주의를 공격하는 나라도 있었기 때문이다. 김조이는 이를 두고 말했다.

"서로를 돋우는 사람은 사람의 마음을 바꿀 수 있지만, 논

쟁은 사람의 마음을 바꿀 수 없는 법이지. 토론이란 어떤 그 럴듯한 명분을 붙이더라도 결국은 자기주장을 내세우는 데 불과해."

김조이의 말뜻처럼 종파 투쟁은 토론으로 끝이 나지 않았 다. 비판을 받은 사람들은 공개적으로 반성을 해야 했고 끝내 공산대학을 떠나야 했다.

가을이 되면서 학교 게시판에 대자보가 나붙기 시작했다. 분파주의자 혹은 사회민주주의자로 비판받은 학생들이 이를 반성하고 이 행위를 다시 하지 않겠다고 하는 맹세의 반성문 이었다.

시끌벅적하던 기숙사는 고요해지고 더 이상 캅카스인들 의 노랫소리조차 들리지 않았다. 학생들은 시내에 방을 얻어 기숙사를 나가 버렸다.

가을이 깊어지면서 퇴학 조치가 시작되었다. 터키반은 운 영이 어려울 지경에 이르자 결국 고국으로 돌아갔다. 조선반 은 일곱 명이 퇴학당했다. 이들은 고국으로 돌아가거나 거부 한 경우 공장노동자로 받아주었다. 조선반 퇴학 학생 중에서 는 조용암도 있었는데, 그는 전체 조선인 학생들 앞에서 자신 의 분파주의 성향과 자유주의적이고 사회민주주의적인 경향, 봉건적 사고방식에 대해 반성하고 떠났다. 떠나던 그날 그는 이렇게 말했다.

"내가 하고 싶은 말은 너무 많지만, 여기서는 아무 말도 하지 않겠네. 나 먼저 갈 테니 다들 무사히 돌아오시게."

얼마 후, 명시는 코민테른 동양부에 호출되어 중국 상해로 가라는 명령을 받았다. 조봉암과 함께 국내 운동을 지도하라는 지시였다. 일행 둘에 조선공산당 만주총국에서 온 청년이 안내를 맡았다. 그는 중국어를 잘하는 박 동무였다.

세 사람은 모스크바를 떠나기 전, 소련군 병영에 가서 무기훈련을 받았다. 다양한 종류의 권총을 분해, 조립해 보고 쏘아 보기도 했다. 명시는 먼 표적은 맞히기 힘들어도 가까이에 있는 표적은 거뜬히 맞힐 수 있었다. 코민테른은 각각 총을 지급하고 미국 달러와 중국 위안화, 일본 엔화까지 다양한 종류로 넉넉하게 여비를 챙겨주었다.

세 사람의 행선지는 비밀이었기에 다른 학생들에게는 건강이 나빠 크리미아반도로 휴양을 하게 되었다고 소문을 내었다. 일행은 항구처럼 부두 시설을 갖춘 모스크바강에서 딱딱한 보리빵과 보드카, 잘 숙성된 햄 한 덩어리를 싸들고 유람선에 올랐다. 명시를 제외한 두 사람은 상해에 가본 적이 있기에 여러 요령과 기초적인 중국어를 가르쳐주었다.

한유준은 갑작스러운 이별에 어떻게 감정을 추스려야 하

는지 모르는 것 같았다. 처음에는 선배답게 여러 조언을 해주었으나 독한 보드카를 절반이나 마시고는 자꾸 몸을 기대며 명시의 손을 잡거나 멍하니 밖을 내다보며 큰 소리로 웃어보였다.

그럼에도 명시는 이별의 슬픔에 잠겨있기보다는 오히려 희망으로 들떠 있었다. 가장 먼저 임무를 받아 떠나는 것이 내심 자랑스러웠고, 상해라는 새로운 곳으로 가게 된 것 또한 좋았다. 상해는 조선 항일운동의 본거지나 마찬가지였다. 임시정부 또한 그곳에 있지 않던가. 명시는 문득, 눈벌판을 달려오며 먹던 연어 튀김과 연어알 절임이 먹고 싶어졌다.

그림_ 김시온(부산예술고)

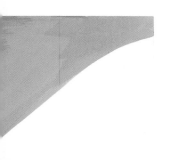

2부

1927년 8월, 러시아 동방노력자공산대학(모스크바공산대학)의 학업에서 좋은 성과를 보였던 명시는 코민테른(공산주의 국제연합)의 지시로 다른 이들보다 빠른 시기에 상해에 있던 조선공산당 일을 도우라는 첫 임무를 띠고 중국 상해로 파견된다.

상해로 돌아가는 길
- 1929년 12월까지 만주에서

김미조 대진전자통신고등학교

　바람이 세차게 불었다. 무릎까지 무성하게 올라온 풀들이 힘없이 떨렸다. 명시의 치맛자락도 바람에 펄럭거렸다. 명시는 바람에 펄럭이는 치맛자락이 마치 마음을 대변해 주는 것 같아 끝끝내 부여잡지는 못했다. 명시의 치마 속, 바지 위 허리께에는 2년 6개월 전 러시아에서 중국 상해로 첫 임무를 띠고 올 때부터 지급된 콜트 권총이 숨겨져 있었다. 이제 그것을 쓸 때가 다가오고 있는 것이다.

　아직 해도 뜨지 않은 이른 시각, 온 세상이 남색 셀로판지를 씌운 것만 같았다. 명시는 앞을 쳐다봤다. 늦봄의 변덕스러운 강바람에 이리저리 휘날리는 잎새 너머로 검은 강이 소리 없이 웅크리고 있었다. 그들은 길림에서 하얼빈 쪽으로 송화강을 따라 이동하고 있는 중이었다. 길림에는 조선공산당 만주총국이 있었다. 1928년 12월 테제에 따라 하나의 나라에 한 개의 당만 인정한다는 1국 1당 원칙이 세워졌다. 따라서 중국에서 활동하고 있던 조선공산당의 상해총국과 만주총국 등 하부 조직을 해체하고, 당원들은 개인 자격으로 중국공산 당에 가입했다. 그러나 아직도 그 지시는 잘 따라지지 않았고, 이를 전달하고 설득하기 위해 홍남표와 명시가 상해를 떠난 지 벌써 3개월이 지나 있었다. 홍남표는 조선공산당 한인 지부의 책임자 자격으로, 명시는 교육 선전부 일을 하고 있었기 때문에 만주총국 사람들을 설득하는 일을 맡게 되었다.

그들이 3월 상해를 떠나올 때, 조봉암은 이번 결정에 몹시 아쉬워했다. 그는 26년 간 만주에서 활동하면서 여러 계파의 사람들을 모아 만주총국을 만든 핵심인물이었다. 자신이 직접 만들고 지금까지 활발하게 활동하고 있는 조직을 해산시킨다는 것은 자신의 수족이 잘려나가는 듯 아쉬운 일이다. 홍남표 또한 만주에서 오랫동안 활동했기 때문에 심정은 마찬가지였다. 그러나 홍남표는 딱히 서운한 마음을 내색하지 않았다. 이것이 원칙주의자인 홍남표와 두루두루 인정에 약한 조봉암의 차이였다. 그러나 코민테른의 결정으로 조봉암이나 홍남표, 명시까지 상해에 있는 조선공산당원 모두 중국공산 당원이 되었음은 어쩔 수 없는 일이었다.

밤이 깊어가고 있었다. 백두산 천지에서 흘러내린 강물은 길림을 가로질러 하얼빈을 거치면 검은 물빛이 거대한 용이 몸을 꿈틀거리는 듯한 흑룡강 본류를 만나게 된다. 그 길을 따라 그들은 하얼빈으로 이동하는 중이었다. 걸어서는 꼬박 이틀이 걸리는 거리지만 기밀유지를 위해 각자 움직이기로 했다.

홍남표와 명시는 조선공산당 만주총국 사람들과 함께 일본총영사관, 하얼빈역, 경찰서, 우체국 등 하얼빈 시내 주요 거점을 공격하러 가는 길이었다. 하얼빈은 동북의 국제도시였다. 5월의 대규모 폭동은 이미 그들이 3월 만주총국에 도착했을 때 계획되어 있던 일이었다. 홍남표는 목적이 분명하지 않은 시위와 무장봉기에 난색을 표했지만 만주총국은 이미 2월에 3.1절 만세시위 11주년 기념 시위, 봉기로 130여 명이 체포되어 구금되어 있는 상태였다. 그런 그들에게 조선당을 해체하고 개인자격으로 중국 공산당원이 되라니 대부분의 당원들이 분개했다.

중국공산당 측 또한 일제 앞잡이와 구분할 수 없는 조선 사람들은 믿을 수 없으니 5월 폭동을 지켜보고 입당시켜 주겠다는 입장이었다. 그래서 홍남표와 명시는 3개월간 만주 일대를 돌아다니며 그들과 함께 폭동을 지원하는 활동을 하

그림_ 김미조(대전전자통신고)

면서 만주 공산당원들에게는 당의 방침을 설명하고 설득했다. 그리고 만주의 조선 민중에게는 교육과 홍보를 해나갔다. 그렇게 예상치 않게 그들은 동만주 폭동의 한가운데 서 있게 된 것이다.

　무장봉기를 약속한 시간이 다가오고 있었다. 명시는 왠지 설렘과 두려움이 동시에 느껴졌다. 아마도 이번에도 죽음이 바로 옆을 스쳐 지나갈 것이고, 또 누군가가 죽었다는 소식을 들을 것이었다. 그러나 기세에 눌리지 않으려는 듯 고개를 치켜들고 눈에 힘을 주었다. 서둘러야 했다. 그들은 신분을 숨기고 만주를 순회했다. 아직 신분이 발각되지는 않았지만 조심해야 했다.

　명시와 홍남표는 이러한 감시를 피하기 위해 직접 횡단하는 방법을 선택했다. 초원을 가로질러 언덕을 넘고 강을 건너는 길이었다. 걸음으로 가기엔 힘든 길, 강을 따라 배를 타고 차를 타고 때로는 말을 타고 다녔지만 험난하지 않은 길이 없었다. 길의 험난함보다 눈앞에 펼쳐진 사람들의 삶이 너무나 처참하고 고단해서였다.

　마음의 짐이 돌처럼 무거운 길. 모든 길은 분명 험난할 테지. 명시는 문득 옛날 생각이 났다. 아주 옛날의 희미한 기억을 떠올렸다. 마산보통공립학교를 다니던 시절이었다. '길'이라는 단어가 명시에게 향수를 일으켰다.

지금 이 시간, 이 만주 동북지역 폭동의 한가운데서도 문득문득 밀려드는 익숙한 냄새, 익숙한 풍경의 끝자락을 따라 그 옛날의 기억 속에 박힌 고향이 떠오른다. 아마도 바다와 같은 강변 풍경 때문인지도 몰랐다.

학교로 가는 700m 정도의 길지도 짧지도 않은 거리를 명시는 매일 오가곤 했다. 그곳에는 같이 학교를 가는 학우들이 있었고, 길을 따라 앉아서 나물을 파는 아주머니들이 명시를 보고 반갑게 아는 체했다. 그러면 명시는 아주 어질게 인사를 했다.

집들이 다닥다닥 붙어있는 좁은 골목을 지나갈 때도 사람 사는 기운이 솔솔 풍겨왔다. 분주히 식사를 준비하는 소리가 부엌에서 흘러나와 아침을 열었다. 늦게 일어난 수탉이 기지개를 펴며 힘차게 울었다. 길바닥에 난 잡초에서도 꽃이 피는, 그런 행복한 나날들. 그때의 그 길은 기억 속에서 행복이라는 너울을 쓰고 있었다. 그런데 지금은 아무도 모르게 숨어다니는 길이었다. 드러낼 수 없는 신분, 숨어드는 길이었다. 어릴 적, 명시는 그 길을 걸어가면서 이렇게 자랄 줄은 알았을까. 현명한 어머니 밑에서 자라면서 어렴풋이 느꼈을지도 모르겠다. 배움과 독립과 자립에 강한 의지를 표하던 어머니의 말씀을 들으면서 말이다.

"명시. 졸고 있는 것 아니오? 걸음이 느려지고 있소."

홍남표가 뒤돌아보며 말을 걸어왔다.

"…아! 예. 잠시 다른 생각을 했나 봅니다."

"그럼 여기서 잠시 쉬도록 합시다."

잠을 잔 기억도 없었다. 피로에 찌든 몸이 아슬아슬하게 움직였다. 앞서 걸어가던 남표가 타이밍 좋게 멈춰 섰다. 뒤돌아서 명시와 눈빛을 주고받은 후 둘은 길을 벗어나 강변 수풀 쪽으로 발걸음을 옮겼다. 그리고 각자 조금씩 떨어져 바위 위에 주저앉았다.

홍남표는 명시보다 스무 살 많아 언뜻 보면 부녀지간으로 보였다. 홍남표는 당 책임자답게 조직을 꾸려나가는 데 꼼꼼하고 치밀했지만 원리원칙주의자였다. 그것이 명시에게는 아버지처럼 든든하니 안심되는 부분이 있었다.

귓가에 풀잎이 서걱거리는 소리가 자꾸만 났다. 다시금 바람이 불었다. 아까보다 더 세게. 공기가 벌판 사이사이를 갈라 풀들을 스치며 기이한 소리가 만들어졌다.

"상해로 돌아가는 길은 쉬운 길로 가요. 기차 타고."

명시는 쓸데없는 말을 해본다. 지금 하얼빈 시내를 공격하러 가는데, 돌아가는 길이 지금보다 쉬울 리가 없었다. 아마도 또 비상 걸린 도시와 소문이 떠도는 마을들을 숨어 다니며 걸어 다니거나 떠도는 만주의 조선인 틈에 끼여 배를 타고 있을 것이다. 상해에서 만주로 올 때의 고생은 대단했다. 더럽고 오래된 기름진 음식과 탁한 물, 질척한 길, 만주의 모든 것이 상해와는 달리 낯설었다. 상해가 범죄와 아편, 그리고 전 세계인들이 모여드는 도깨비 도시 같았다면 만주는 야생의 미개척지와 같았다. 게다가 그 위에서 서로 총질하고 목을 베는 인간들이 날뛰고 있었다. 아마도 그 길을 다시 가겠지. 다만 그런 것들에 더 익숙해져 있어서 그나마 돌아가는 길이 쉽게 느껴질 터이다.

"그럽시다. 명시가 힘든데 늙은 나는 더 힘들겠지."

홍남표가 기약하기 어려운 대답을 농담조로 선뜻 해왔고, 둘은 잠시 침묵했다. 만주에서 잔뼈가 굵은 홍남표는 명시보다 스무 살이나 많은 사람이었다. 그러니 힘들다 말할 수도 없었다.

둘은 알고 있었다. 쉬운 길은 그만큼 위험한 길이라는 것을. 잠시 후 누가 먼저랄 것 없이 주섬주섬 일어섰다. 이제 가야 할 시간이었다. 기억 속의 그 등굣길은 지금의 이 만주 횡

그림_ 김미조(대진전자통신고)

단 길을 위한 연습이었을까, 명시는 생각에 잠겼다.

그래, 지금 명시는 눈앞의 어둠 속에 잠겨 있는 강물 쪽을 바라보았다. 목숨을 걸고 떠나는 길들. 아니라고, 싫다고 돌아갈 수도 없었다. 그러니 앞으로 나아가는데 주저하고 또 두려워하고 있을 수만은 없었다.

그냥 곧장 가는 것이다. 명시는 그쯤에서 어쩌면 자신이 어렴풋이 이렇게 될 줄 알고 있었다는 생각마저 들었다. 자신의 자유에, 자립에 억압하는 세상의 어떤 것도 끝내 견디지 못하고 저항했을 것이다.

그렇게 명시는 스스로 다독였다. 넓고 광활한 대자연이 그들을 삼키려는 것 같았다. 그러나 명시는 더 이상 두렵지 않았다. 다시 한번 흑룡강을 쳐다봤다. 이 힘겨운 걸음걸음들은 한데 모여 독립의 길을 만들어낼 것이리라.

습격

- 1930년 3월~5월 30일 폭동 하얼빈영사관 공격

김지현 창원대산고등학교

하얼빈의 5월 막바지 봄은 춥지 않았다. 중국에서 제아무리 가장 추운 도시라고는 하지만, 여름이 다가오는 5월에까지 냉기가 돌 리 없었다. 그럼에도 습격을 앞둔 조선 동지들 사이엔 얼음장같이 차고 무거운 긴장감이 흐르고 있었다. 일장기가 펄럭이는 세련된 건물이, 번쩍이는 조명이 빽빽이 달린 대리석 벽은 곧 명시의 손에, 조선인 무장대의 총칼에 무너질 터였다. 명시는 손에 쥐었던 권총을 만졌다. 안전장치가 단단히 걸려있는 그 총은 명시가 하도 만져대어 서늘하게 흐르는 금속 특유의 차가움 대신, 손때가 묻은 온기가 느껴질 지경이었다. 러시아에서부터 줄곧 몸에 지니고 있었어도 그 것으로 사람을 쏘아보기는 처음이었다.

'동무들아, 내가, 이 총으로 사람을 쏜다네.'

공산대학에선 사람을 죽이는 방법 따위를 가르치지 않았다. 표적지도 총알 100개는 박혔나 싶을 정도로 간간이 들어본 권총이었다.

'손가락 한 번 까닥한다면 목숨이 하나 스러진다네.'

권총을 잡은 손에선 땀이 배어 나오는 게 느껴졌지만, 그것에서 같이 묻어나오는 감정은 두려움이나 죄책감이 아니었다.

'저 왜놈들 손에 고꾸라진 불쌍한 우리의 동무들과, 지금 움직이지 않으면 그보다 더 많이 사라질 조국의 아이들을 생각하면 어찌 이 두 손에 묻을 피를 꺼릴까.'

명시가 눈빛을 굳힌 새, 시곗바늘은 12에 가까워졌다. 째깍, 바늘이 12시로 가는 마지막 눈금을 밟고, 그와 동시에 하얼빈 일본영사관공격조 책임자인 황진연의 돌격 명령이 떨어졌다.

오늘의 거사에 대략 300여 명의 인원이 참여했고 30~50명이 1조로 나뉘어 하얼빈의 각 공격지점으로 같은 시각에 공격하기로 했다.

"기관총을 발포하라!!!"

벼락같은 총성과 함께, 영사관 앞에 서 있던 일본인 병사가 바닥으로 넘어져 방어벽 쪽으로 기어가는 것이 보였다. 무장대의 분노에 찬 노호에 급하게 옆에 있던 다른 병사 둘이 총을 들었지만 명시 옆에 있던 자의 총탄에 쓰러졌다. 곧이어 기관총의 귀 아픈 연발 총성이 들려왔고, 그 사이로 작게 "수류탄 투척 개시하라!"라는 명령이 섞여 귓가에 맴돌았다. 달칵, 수류탄의 안전 고리가 빠지는 소리 뒤로 천둥 같은 폭발음이 불꽃과 함께 터졌다. 어두운 밤하늘 사이로 짙은 연기구름과 불씨가 피어오르는 것이 보였다.

"불이 붙었다!! 기관총 부대는 떨어져라!!"

영사관 건물에 붙어 사납게 타오르는 화염으로부터 뜨거운 열풍이 피부로 훅 덮쳐왔다. 매캐한 연기에 기침을 토해내고, 눈물을 줄줄 흘리면서도 무장대는 총을 놓지 않았다. 누군가가 던진 수류탄이 영사관 기둥에 맞아 한 번 더 쾅, 폭발했고, 무의식으로 느낄 수밖에 없었던 공포는 어느샌가 묘한 감정으로 덮여나갔다.

저 멀리 시청 쪽에서도 함성소리와 함께 연기가 피어오르는 것이 보였다.

그런데 잠시 후 시 외곽에 주둔하던 중국 만주동북부를 장악해 있던 장학량 부대가 출동했는지 총소리가 요란해졌다. 그들의 증원대가 오기 전 후퇴해야만 했다.

"퇴각하라."

그림_ 김지현(창원대산고)

황진연의 명령 소리가 들렸다.

명시는 총알을 다 써 빈 통 소리가 나는 권총에 새 탄창을 넣으며, 연기와 불길이 피어오르는 주위를 천천히 둘러보았다. 이 습격에 쓰러진 동지들의 시체가 흐릿하게 피어오르는 연기와 핏빛으로 불타오르는 건물 잔해에서 보였다.

그럼에도 달릴 수밖에 없었다. 모두 흩어져서 달렸다. 오늘 모였던 이 사람들은 이제 곧 다음 명령이 떨어질 때까지 자신들이 왔던 곳, 자신이 하던 일을 하며 농부가 되고, 어부가 되고, 장사꾼이 되어 신분을 속이고 있을 것이다. 명시는 황진연과 함께 지도부와 만나기로 한 거점까지 달려가며 방금 공격에서 쓰러져 간 동지들을 생각했다.

희생을 딛고 성공한 전투. 어디서나 희생이 따랐다.

방금까지 서로 대화를 나누고 결의에 찬 눈빛을 교환하던 동지들이 스러졌다는 사실이 명시의 가슴에 대못으로 찌르는 듯한 고통을 주었다. 명시는 그들의 피와 눈물 하나 헛되이 하지 않겠노라 다짐하며 달렸다.

"이 정도면 성공이오. 대부분의 공격이 성공했다고 합니다. 그런데 명시 동무는, 표정이 좋지 않아 보이네."

지도부가 만나는 지점까지 마중 나와 있던 홍남표가 다가오며 말했다.

"옆에서 동지들이 죽어 가는데 정작 전 별로 도움이 되지 못했어요."

명시는 분하기도 하고 스스로가 원망스럽기도 해서 하소연하는 어투가 되었다.

"자책하지 말게. 개인의 성과보단 모두의 업적이 중요한 법이지. 시내 곳곳이 불타오르고 있지 않소."

명시는 하얼빈 시내 곳곳에 하늘을 뚫을 듯이 일렁이는 화염을 바라보았다.

그날의 공격으로 한때 조선인 동족들의 고혈을 꽤나 빨았던 동양척식 주식회사는 다른 무장대원들의 손에 일본영사관과 같은 길을 걷게 되었고, 철교는 공격조에 의해 붕괴했다는 소식이 들렸다.

1929년 국제공산당(코민테른)과 조선공산당의 해체 지시에도 동만주의 폭동은 1930년까지도 멈추지 않았다. 홍남표와 명시는 폭동이 일어나는 곳을 따라 조선 청년들을 설득하러 다녔다. 만주의 상황은 점점 더 복잡해져 갔다. 중앙 정부의 힘이 미치지 않는 만주에서는 지역 군벌인 장학량이 공산당원들을 마구 잡아들이고 즉결 처벌했다. 그 때문에 피해가 이만저만이 아니었다. 장학량에게 체포된 인원만 2천 명이었으며, 24명이 사형되었고 350여 명이 감옥에 갇혔다. 모택동은

그림_ 김지현(창원대산고)

폭동과 기습을 중지하라는 지시를 내렸지만 조선 청년들은 말을 듣지 않고 살인과 방화 기습을 감행했다. 끝이 나지 않을 싸움이었다.

홍남표는 이 무렵 7백 건이 넘는 폭동으로 2백여 명의 조선인과 중국인이 살해당했으며, 3백여 가옥과 서른 곳의 학교가 불타고 전선과 다리가 파괴되었다고 코민테른에 보고했다. 만주는 혼돈 그 자체였다. 그런데 1931년 10월이 되면서 일본군이 빠른 속도로 만주를 점령하기 시작했고 폭동은 저절로 잦아들었다. 체계와 군율도 없이 잔혹하기만 한 지방 군벌 장학량 군대와는 비교도 되지 않는 일본군은 위력적이었다. 만주가 통째로 일본군 손에 넘어가고 있었다.

홍남표와 명시는 상하이로 복귀하는 길에 올랐다. 상해로 돌아오는 길은 만주로 들어올 때보다 더 참혹했다. 중국인들은 조선인들의 폭동 때문에 만주가 일본에 넘어갔다며 원망의 소리를 높였다. 심지어는 한국과 일본을 같은 편으로 보는 이까지 생기며, 조선인 마을이나 조선인을 눈에 보이는 족족 불태우고 죽였다.

폐허가 되어 버린 조선 이주민 마을에 남은 건 조선인이 아니요, 갈 곳 없는 광기와 격노에 젖은 중국군 패잔병들에, 겨울에 꽁꽁 언 땅을 겨우 긁어 만든 얕은 무덤 아닌 무덤들.

흙이 부족해 마른 낙엽이 섞인 무덤 사이사이로 거무죽죽하게 변한 시체들의 살점이 보였다.

'인간들은 서로에게 어찌 이리도 잔인한가.'

명시의 마음은 더 무거웠다. 일찌감치 1919년 3.1만세사건의 검거를 피해 만주에서 활동한 홍남표조차 머리를 절레절레 흔들며 혀를 찼다.

겨울의 매서운 바람과 추위에 부패조차 제대로 되지 않은 비통한 무덤들에, 명시는 두 손을 모았다. 명시는 소리 없이 죽어간 그들을 잊고 싶지 않았다.

'내 당신들을 잊지 않으리라.'

간신히 터를 잡았던 만주의 혼돈으로 고향에 되돌아가려는 조선인들이 넘쳐났고, 그들의 모습은 초라하기 이를 데 없었다. 어디에도 정착할 수 없는 그들은 뿌리내릴 한 줌의 흙을 찾아 떠도는 하얀 민들레 씨앗 같았다. 유랑, 떠도는 사람들. 그들을 품어줄 껍데기인 나라가 없다는 것이 혼도 없는 것일까. 그 모습 또한 잊을 수 없을 것이다.

명시는 무거운 발걸음을 돌렸다. 한겨울을 맞은 만주의 칼바람은 영사관을 습격했을 때 맞았던 자정의 서늘한 바람보다 따가웠다.

황야의 밤은 추웠다. 다리는 이미 지쳐 감각이 사라진 지

이것은무자비한
악마의숲아귀서
조국의해방을
거머쥘
숭고한
대한민국
장군님의
혁명이다

오래였고, 시린 밤바람은 가시 같은 추위로 온몸을 찔러 댔다. 홍남표와 명시는 가지고 있던 돈 일부를 쥐어주고 낡은 배 갑판을 빌려 흑룡강을 건넜다. 검은 용이 활개를 치는 듯 강 전체가 시커멓다고 해서 중국인들이 흑룡이라 부르는 이 거대한 강은, 밤하늘이 드리우니 강인지 산인지 구분이 가질 않았다. 만주를 떠나기 전 이 강에서 물고기를 잡아 식량 조달을 했었다. 명시는 얼음장 같은 흑빛 물을 맞으며 애써 쓰게 웃었다.

만주보단 아니지만 치치하얼도 만만치 않았다. 옷을 최대한 몸에 둘둘 둘러도 몸을 뚫을 듯이 파고드는 추위에 울혈이 맺힌 곳이 한두 부위가 아니었다. 얼마나 걸었고, 또 얼마나 걸어야 할지, 감도 오지 않는 귀환 길은 고통스러웠다. 조선인 신분의 김명시를 곱게 보는 곳도 드물었다. 치치하얼을 지난 천진에서도 모자를 푹 눌러쓴 채 낡은 여관이나 주막에 들어가 거친 잡곡이 섞인 죽이나 기름기가 번들거리는 만두를 먹고, 퀴퀴한 습기의 냄새가 나는 싼 방에서 몸을 웅크리고 새우잠을 자며, 홍남표와 명시는 상해에 무사히 도착했다.

1931년 11월의 중순이었다. 그러나 그것은 험난함의 일시적인 끝맺음일 뿐이었다.

밤이 된 상해는 번화가임에도 소등 탓인지 어두운 곳이 많왔다. 시야는 적막했지만, 상해라고 평화로울 이유는 없었다. 지친 다리를 이끌면서도 귓가엔 하얼빈에서 질릴 정도로 들었던 포격 소리와 알아들을 수 없을 정도로 작은 억양 센 군인들의 말소리가 어른거렸다. 간간이 띄엄띄엄하게 들리는 단어에 귀를 기울이면 공산주의와 혁명군들에 대한 저급한 욕지거리뿐이라 귀를 도로 닫아두곤 했다.

개항 도시 속 외국인들이 거주하는 조계에도 일제의 위협이 뻗혀왔다. 유일하게 한국 임시정부를 승인해 주고 있던 프랑스 조계에도 일제는 조선인 사상범을 체포하여 압송해 달라는 공문을 보냈다. 게다가 날로 세력을 확산해 가는 공산당에 대해 적개심을 품은 서구의 제국주의 여러 나라들은 경찰권과 행정권이 조계에서도 행사되는 것을 눈감곤 했다. 자신은 잡다한 행상을 하면서도 민족주의 임시정부와 공산주의 양쪽 모두의 뒷배가 되어주던 여운형 선생도, 프랑스 조계에서 일본 경찰에게 잡혀 투옥되었다.

그렇게 상해는 날로 위험해져 갔다. 하지만 적적할 줄만 알았던 곳에 반가운 사람들이 들어왔다. 러시아에 있던 주세죽과 박헌영 부부가 모스크바의 배편으로 상해에 도착했다. 그들은 젖먹이 아이를 코민테른이 운영하는 혁명가들을 위한 유아원에다 맡기고, 조선공산당 국내 재건을 돕기 위해 상해

조선여성들의
용매함은
산맥을
요동하게를
어찌
꼿꼿하나
되찾지
못하리

나라
부름
받아선

백마
장군님

행차
아시라

로 들어온 것이었다.

상해로 피신해 있던 코민테른의 책임위원인 김단야가 명시와 함께 부부를 맞이했다. 그들은 코민테른서 내려온 임무를 수행했다. 기관지 《콤무니스트》를 출간해 국내에 들여놓는 것. 국내에 다시 지어질 조선공산당을 위해 지원하는 것이 상해에서 해결해야 할 일이었다. 무장 폭동으로 사망한 동포들의 이야기에 울적해 있던 명시도, 《콤무니스트》 출간의 임무로 무릎을 털었다.

당대 혁명 이론이나 세상이 돌아가는 흐름 파악에 능숙했던 박헌영이 원고를 써내면 주세죽은 그의 글을 검토하고, 수정해 명시와 김단야에게 넘겼다. 그리고 그걸 책으로 묶어 내는 것이 명시의 역할이었다. '코뮤니스트', 러시아어로 '공산주의자'라는 뜻을 가진 이 신문의 제목을, 명시는 치마 안감에 꿰매기 전에 손으로 훑어보았다. 이 제목조차 경찰들의 눈을 피하려고 만들어진 이름이었음을 안타깝게 여기지 않을 수가 없었다. 그저 러시아어를 아는 고위급 경찰들에게나 들키지 않기를 바랐다.

"명시, 자네가 직접 경성으로 가겠다고?"

"중국서 이러고 있는 것보다야, 조선공산당 재건에 더 힘쓰고 싶습니다. 코뮤니스트 전달도 제가 하겠습니다."

박헌영은 흔쾌히 고개를 끄덕여 주었다. 국경을 통과하는 데 여자의 몸이 유리하기도 했고, 명시의 오빠 김형선이 국내에서 활동하고 있었다는 것을 알고 있었기 때문이다. 그리고 김형선이 점검하는 조직이 아직 움직이기엔 세력이 작고, 잡혀간 이들도 많다는 사실도 한몫을 했다. 명시는 치마폭에 코뮤니스트 뭉치를 묶어 천을 덧대 꿰매고 김단야가 챙겨 준 자금을 2단 주머니에 소중히 넣었다. 곧 안동행 중국 내륙선 갑판에 서게 될 이 여인은 상처투성이였지만, 강인해 보였다.

그 골목, 다시 기로에 서다
- 상해에서 조선으로 돌아갈 결심

김시온 부산예술고등학교

만주에서의 체험은 몹시 험난했다. 총을 들고 직접 나선 첫 전투인 하얼빈 영사관 공격 이후에도 명시는 1년 넘는 기간 동안 만주 일대를 돌며 크고 작은 무장 투쟁에 참여하며 생사를 넘나들었다. 작은 몸이었지만 다부진 체격에 숙련된 사격술까지 갖춘 명시는 열 남자 이상의 몫을 해냈다. 백마를 타고 전장을 누비며 적과 대항하여 싸우는 그의 마음에는 일제에 유린된 조국을 반드시 자신의 힘으로 되찾겠다는 굳은 결의가 아로새겨져 있었다. 이런 명시의 활약은 조국독립을 갈망하고 영웅을 기다리던 우리 민족의 마음에 내린 한줄기 소나기와 같았다.

전투가 거듭될수록 그의 명성은 높아져 갔고 용맹한 명시의 활약에 나라를 되찾고자 하는 조선인들을 기대가 더해져서 소문은 증폭되어 갔다. 영웅은 난세에 난다 하지 않던가. 어쩌면 식민 통치에 지친 조선인들은 실제적 사실보다 희망을 믿고 싶었는지 모른다. 처음엔 의심의 눈으로 바라보던 사람들이 전투가 거듭될수록 경상도 마산 출신의 그 조그만 여자를 태산처럼 믿음직해했고 마치 전설 속 아기장수 우투리처럼 끝내 우리 민족을 구해내 주리라 기대했다. 그 늦은 봄의, 뜨거운 열기가 찾아오기 전 5월의 무장투쟁부터 명시에게는 어느새 백마 탄 여장군의 이미지가 생겨 있었다.

들판에서 일하던 농부가 노예처럼 줄줄이 엮여 끌려가 내일은 총을 들고 군인이 되어 있는 것이 다반사이던 시절이었다. 그 군복 입은 도적떼와 다름없는 만주들판의 군인들이 가장 갖고 싶어 하는 것이 백마였다. 오늘 죽을지 내일 죽을지 알 수 없는 싸움터에서 백마는 죽음도 비껴간다 하여 그들은 유독 백마를 타고 싶어 했다. 하지만 백마는 사실 어디서나 눈에 띄어 표적이 되기 쉽기에 죽음에 가장 가까운 존재였다. 그럼에도 명시의 존재는 그 백마 위에서 더욱 빛났다. 백마를 타고 전투에 임하는 명시를 죽음조차도 비껴가는 듯하였다. 나라 잃은 조선의 백성들은 마치 백마라는 상징물이 명시를 대변하는 듯 열광하였고 그의 무사를 빌고 또 빌었다.

만주는 혼란 그 자체였다. 중국은 중앙당의 힘이 미치지 않는 틈을 타 각 지역의 군벌들이 들고 일어나서 세력 다툼을 벌였고, 중국 공산당 홍군과 국민당, 일제까지 서로가 서로를 마구 죽이고 있었다. 그 사이에서 죽어나는 것은 이름 없는 인민들이었고, 그중에서도 일제를 끌어들였다며 갓 정착하기 시작한 조선인들에 대해 중국 사람들의 핍박이 극에 달했다. 일제는 그런 조선인들을 자신들의 국민이니 그들을 보호한다는 명분으로 9월 18일 봉천으로 군대를 들여와 만주를 장악해 가고 있었다.

1930년 3월에 만주로 출발해 1년 9개월이 지난 1931년 11월 중순쯤에야 명시는 상해로 되돌아올 수 있었다. 상해로 돌아왔지만 한동안 일이 손에 잡히지 않았다. 무엇보다도 오빠 김형선이 중국 광주에서 국내로 잠입해 들어가 있었고, 게다가 혼란스러운 중국 곳곳에서 동지들의 죽음 소식이 들려왔기 때문이었다. 숱한 죽음을 넘어 막 도착했기에 그들의 소식이 예사롭지 않게 들렸다.

특히 2년 전에 좌충우돌 돌발행동을 잘 해 명시를 놀라게 했던 다혈질의 김무정이 죽었다는 소식은 명시의 마음을 더더욱 무겁게 했다. 김무정은 명시보다 세 살 많은 20대 청년으로 중국 보정 군관학교 포병과를 졸업했다. 국민당 포병장교로 있으면서도 장개석과 맞서다 수배자가 되어 이곳 공산당 상해총국에 숨어들어 와 돌출행동을 해 선전부 간부인 명시를 마음 졸이게 했다.

언제나 활기차고 성격이 시원시원했던 그를 명시는 때로는 나무라기도 했는데, 그의 죽음 소식을 들었을 때 사람들이 '동만폭동'이라 일컫던 그 혼돈 속에서 죽어간 다른 수많은 죽음들이 다시 떠올랐다. 그리도 소망했던 해방된 세상이 오는 걸 보지도 못하고 너무도 젊은 나이에 스러져 갔다고 생각하니 그들의 희생이 너무 가슴 아팠다.

그래선지 되돌아온 상해조차 예전 같지가 않았다. 게다가 11월 그즈음 들려오는 소식으로 강서성 서금에서 중국공산당 홍군은 중화소비에트 공화국을 수립하였고, 만주를 침략했던 일본군은 만주국을 세우고는 상해를 공격해서 혼란한 틈을 타 관동군을 주둔시켰다. 중국은 본격적으로 국민당과 공산당, 그리고 일본군이 서로 싸우는 격이었다. 만주를 차지한 일본군은 상해에서도 본격적으로 중국공산당을 밀어붙이고 있었다.

동만폭동, 그 혼돈의 불길 한가운데서 빠져나와 보니 불씨가 상해까지 옮겨 붙고 있는 중이었다.

아마도 그즈음이었을 것이다. 명시는 이곳 상해를, 그리고 혼란에 빠진 중국을 떠날 것을 결심했다.

명시는 겨울이 끝나갈 무렵의 쌀쌀한 상해 황포 강변을 걷고 있었다. 상해는 나날이 숨어 지내기가 위험해지고 있었다. 일본은 수배범 명단을 각 나라 공관에 공문으로 보내어 체포하여 돌려보내기를 종용했다. 비밀경찰도 쫙 깔려 있어서 나날이 포위망을 좁혀오고 있었다. 그럼에도 이제 이곳과 이별을 앞두고 있기에 위험보다는 술렁이는 마음을 정리하고 싶었다.

밤 상해의 강변은 늘 그랬듯 사람들로 북적였다. 술과 마약, 전 세계에서 각각 다른 이유로 몰려든 사람들, 그리고 제국주의 침략국의 스파이로 넘쳐났다.

이곳의 북적임과는 다른 그곳. 조용하고 초라하지만 그래도 따뜻했던 곳.

술렁이는 공기 속, 명시는 마음을 가라앉히고자 조용히 아득한 어린 시절의 기억을 더듬어 내려가 보았다.

그곳의 공기는 이곳의 매캐한 공기와는 달랐다. 바다에서 불어오는 바람은 비릿하지만 그래도 맑은 공기였다.

아스라이 이어져 있는 작은 내리막길. 그리고 그 길 한편에 놓여있던, 소박하지만 반짝이는 추억의 조각들이 빼곡히 스며들어있는 바닷가의 한 판잣집.

어머니, 오빠, 남동생과 여동생. 명시의 집은 아버지가 일

그림_ 김시온(부산예술고)

찍 돌아가신 이후로 어머니 혼자 가족을 모두 품에 안고 돌봐야 했다.

어머니 김인석, 학교 문턱에도 가보지 못하고 혼자 자식들을 키우느라 안 해 본 고생이 없었지만 세상 보는 눈은 누구보다 밝았던 분이었다.

어머니는 종종 명시와 그 오빠에게 이르곤 했다.

"독립하려면 힘이 있어야 한다. 명시야, 형선아. 나는 차별을 두지 않고 너희들이 공부할 수 있도록 할 거다."

하지만 그들에게 한 끼로 허락된 것들은 팔다 남은 생선, 부두의 남은 찌꺼기들이었다. 현실은 비루했으나 당당했고 가난했으나 뜻이 있는 가족이 있어 불행하지도 않았다. 어머니는 장남인 오빠뿐만 아니라 딸인 명시마저 공부를 할 수 있도록 최선을 다했다. 3.1 운동 때는 태극기를 만들어 사람들에게 나눠주고 앞장서서 만세를 부르던 분. 그 바람에 일본놈들에게 끌려가 온몸이 새까맣게 멍이 들도록 맞고, 고문 후유증으로 심하게 고생했다. 그럼에도 해방을 꿈꾸며 자식들을 끊임없이 배울 수 있도록 한 어머니.

명시와 그 형제들의 민족정신은 모두 어머니께 물려받은 것이었다. 지금도 명시는 어머니를 떠올려 보면 꼿꼿하던 눈매가 그리움으로 번지는 기분이 들었다.

짧은 내리막길을 내려가면 보이는 좁은 골목길. 그 틈새를 지나 사거리를 건너고 다시 짧은 걸음으로 타박타박. 그렇게 15분 남짓 걷다 보면 도착했던 그 추억 가득한 학교도 눈앞에 아른거리는 듯했다.

아마 구마산의 산동네에서 명시의 집안 같은 곳은 없었을 거다.

그렇게 배움을 중요시하던 김형선도 돈이 없는 탓에 보통학교를 졸업하고 간이 농업학교에 들어갔다가 한 학기 만에 중퇴했다.

하지만 그 상황에서도 어머니와 김형선은 '명시만큼은 마음껏 공부할 수 있게 하겠다' 라고 종종 말하며, 졸업 후 서울 배화여고보로 유학까지 갈 수 있도록 해주었다. 딸이 돈 벌어 오빠를 공부시키는 보통 집들과는 달리, 명시의 집은 상당히 열린 생각을 가진 편이었다.

오빠가 점원도 하고 부두 노동도 하며 미곡창고회사에 취직해 명시의 학비까지 대줄 정도였으니, 깊게 생각해 보지 않더라도 그저 말뿐만이 아닌 진심으로 명시를 생각해 주고 있다는 걸 한눈에 알 수 있었다.

명시는 자신이 공부할 수 있도록 힘써주는 가족, 어머니와 오빠를 떠올리면 가슴 속 깊이 고마움과 애틋함이 느껴졌다.

짧고도 깊은 추억의 회상 끝에, 다시 눈을 뜨고는 앞을 바라보았다. 눈앞에는 밤거리 조명이 환하고 밤 강변은 기름진 음식을 태운 연기 냄새가 났다. 마산 앞바다만큼 드넓은 황포강이지만, 명시는 고향 마산 바다를 볼 때면 돼지 모양 앞섬과 좁다란 가포 바다 너머에 있을 드넓은 태평양 바다를 상상하곤 했다.

지금의 상해에서 무엇을 할 수 있을까? 이곳에선 지시 내리고 동지들의 활동 보고를 들을 뿐이었다. 명시는 전장에 서고 싶었다.

지금 이곳에는 경성에서 조선공산당 재건을 위해 들어갔다가 신분이 탄로나 쫓겨 온 김단야가 있었고 러시아에서 아이를 떼어놓고 조선공산당 국내 재건이라는 코민테른의 지시를 실행하기 위해 박헌영 주세죽 부부도 몰래 들어와 있었다. 게다가 그동안 중국에서 서로 의지하며 함께 활동해 온 홍남표와 조봉암, 여운형과 같은 든든한 동지이자 항일전선의 대선배들도 있었다.

그러나 지금, 고향 마산이 있는 조선에는 오빠 김형선이 쫓겨 온 김단야 대신 조선공산당 재건을 위해 활동하고 있었고, 러시아행 기차를 같이 탔던 여성 트로이카 김조이나 고명자도 국내로 들어가 그 일을 하고 있었다. 김조이는 명시가 만주에서 돌아오기 전인 9월에 동방노력자공산 대학 출신 동기 다섯 명과 '최초의 제비'가 되어 국내에 잠입하여 함흥 쪽에서 활동하고 있었다.

명시는 이 혼돈의 중국보다 조국의 일이 하고 싶었다. 최전선에서 활동하고 싶었다. 멀리서 들려오는 동지들의 죽음 소식을 듣고 싶지 않았다. 그곳에 함께 있고 싶었다. 3.1 만세 시위 날, 동생들과 함께 마음 졸이며 방 안에 갇혀 있고 싶지가 않았다. 엄마와 오빠가 나가 만세를 부르고 있던 그 거리에 서 있고 싶었다.

"직접 들어간다고?"

좀처럼 소리를 높이지 않고 조용조용하던 박헌영이 목소리를 높이며 말했다. 당대 최고의 사회주의 이론가인 박헌영은 당 기관지 《콤무니스트》를 발행하여 국제공산당 코민테른 소식과 방향성에 대해 이론적 배경을 쉽게 풀어 설명하는 일을 하고 있었다.

"네, 결심했습니다."

명시는 짧고도 묵직하게 대답했다.

이미 결심은 했고 남은 건 앞으로 나아갈 일뿐이니 답은 그뿐만으로 충분했으리라 여겼다.

"명시답군."

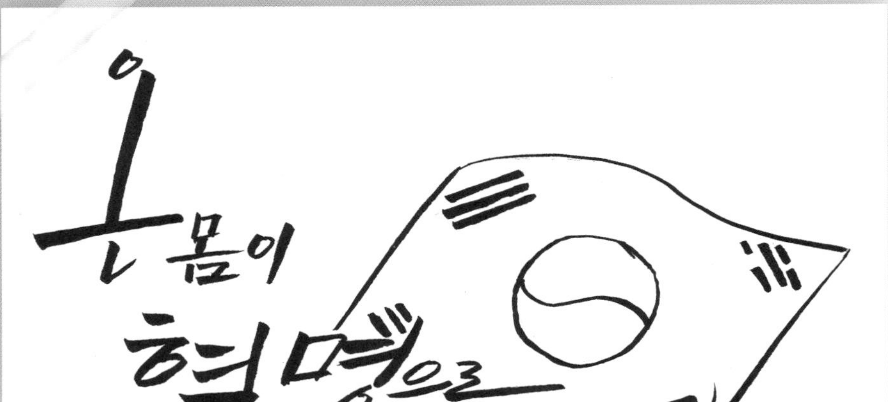
온 몸이
혁명으로
들끓었다

김단야가 평소처럼 입꼬리에 다정한 웃음을 달고는 명시를 바라보았다.

"그래, 아무래도 여자니까 국내로 잠입할 때 의심을 덜 받을 수도 있을 거야."

맏언니 같은 주세죽이 호응해 주었다. 주세죽 박헌영 부부와 김단야는 경성 조선공산당 청년회 시절부터 그들의 단칸 신혼방에서 명시에게 국수를 삶아주고 먹을 것을 챙겨주며 동생처럼 아꼈다.

"그래도 조심해야 해. 거긴 지옥이야. 눈에 보이지 않는 일제의 올가미가 곳곳에 숨어 있어."

코민테른의 지시로 1925년 창당 이래 몇 년간 대대적인 당원 체포 구금으로 와해되다시피 한 조선공산당 재건을 위해 잠입했다가 애인 고명자를 두고 쫓겨온 김단야가 조금 어두워진 목소리로 말을 했다.

고명자는 김단야와 함께 상해로 탈출하지 못하고 경성에 혼자 남았다가 체포되었는데 변절했다는 소문이 그즈음 돌고 있었다.

"너무 걱정 마세요. 생지옥 만주에서도 살아 돌아왔는걸요. 오히려 이곳도 더 이상 안전하지 않아 걱정이네."

명시는 막내다운 씩씩함으로 시원하게 말했다. 명시는 오빠 언니 같은 이들 앞에서 주저하거나 약한 모습을 보이고 싶지 않았다. 씩씩한 막내가 되고 싶었다. 이들은 혁명 앞에 많은 것을 희생하고 있었다. 러시아나 조선에다 아이와 사랑하는 이를 각자 남겨두고 온 것이다. 이들보다 나이가 더 많고 중국에서 오랫동안 항일투쟁을 해온 더 윗세대인 홍남표나 조봉암 또한 마찬가지였다.

한편으로는 만주에서의 체험이 혁명에 대한 좌절이나 인간성에 대한 환멸로 남아있게 하고 싶지 않았다. 그것이 오히려 자신이 앞으로 나아가게 하는 힘이 되게 하고 싶었다.

어느 때보다 죽음과 가까웠던 그 순간. 마치 터져나갈 듯, 온몸이 혁명으로 피가 들끓었다. 쉴 틈 없이 빗발치는 총알 한 발이 삶과 죽음을 가르며 조금 전에도, 지금 나아가고 있는 이 순간에도 찾아오고 있었다.

어둡고 혼란스러운 겨울이 가고 해가 바뀌어 봄이 다가오던 1932년 3월, 명시는 내항선 갑판 위에 올라 있었다. 낯익은 상해의 정든 동지들을 남겨놓고 경성으로 가기 위해서였다. 압록강 근처 안동까지 가서 경성행 기차를 탈 예정이었다.

명시의 치마 속에는 경성에 있는 오빠 김형선에게 전해줄

기관지 코민테른 1~3호와 당 재건 활동비 400원이 들어 있었다. 그 일이 끝나면 지금 대부분의 동지들이 몰두하고 있는 일, 산업 노동현장에 침투해 노동자들을 교육하고 각성시켜 조직하는 일을 할 작정이었다. 명시는 조선반도에서 가장 핵심지역인 인천지역에서 활동하기로 했다.

일제하의 조국은 얼마나 달라져 있을까. 새로운 활동은 또 어떤 모습일까.

배는 이제 푸동항구를 벗어나 드넓은 바다로 나서고 있었다. 설렘으로 명시의 몸과 마음이 일렁였다.

'곧 새로운 투쟁이, 오랜 염원을 향해 나아갈 시간이 다가오고 있구나.'

명시는 배 위에서 마음을 다졌다.

그림_ 엄인영(마산무학여고)

3부

1932년 3월 명시는 오빠 김형선의 국
내 조선공산당 재건 일과 노동자 농민단
체를 교육, 조직하는 일을 위해 국내로
들어온다. 5월 1일 메이데이 파업과 시위
를 모의, 주도하였다가 신의주에서 체포
되어 7년간 투옥된다.

잠입

엄인영 마산무학여자고등학교

오늘도 성냥공장에는 많은 노동자들이 일을 하러 나왔다.

이곳 제물포 성냥공장에는 조선 반도 전체에서도 가장 많은 노동자들이 일했다. 유황과 염산, 송진과 같은 위험한 물건들로 성냥개비를 만드는 공장 안 노동자만 500여 명이었다. 또 공장 주위의 마을 빈민들은 종이로 성냥갑을 만드는 부업을 했는데 이들의 숫자만 대략 2천5백여 명이었다. 그중에서도 나이 어린 여성들로 북적거렸다. 명시는 특히 나이 어린 여성 노동자들의 처지가 안타까웠다. 명시보다 어린 그들은 새벽에 별을 보고 공장으로 와서 밤늦은 시간에야 일을 마칠 수 있어서 햇볕도 제대로 보지 못한 데다 제대로 먹지를 못해 낯빛이 창백했다. 게다가 그들 밑에는 가족들이 있었고 공부하는 오빠나 남동생이 있었다.

"빨리빨리 움직이시오!"

일본인들은 노동자들도 일본 내지인과 조선 반도인들을 차별하였다. 조선 노동자들을 물건 취급하며 쉴 틈 없이 하루 14시간 넘게 일을 시키면서도 성냥 1만 개에 60전이라는 낮은 임금을 주었는데 일본인들은 훨씬 적게 일하면서도 월급은 배로 받아갔다.

명시는 지난 3월에 상해를 떠나 제물포에 잠입 후 2개월 만에 5월 1일 메이데이 시위를 준비하고 있었다. 경성 조선공산당 중앙부에서는 명시보다 먼저 중국에서 들어온 오빠 김형선이 총책임자로 전국 메이데이 시위를 지시하고 있었다. 오빠는 마산에서 부두하역자부터 안 해 본 일이 없어 노동자들의 처지를 잘 알았고, 그들을 모으고 교육하고 처우를 개선하는 일을 오랫동안 해 본 경험이 있었다.

김형선은 일제경찰에게 얼굴이 알려져 상해로 쫓겨간 김단야를 대신해서 명시보다 몇 개월 앞서 경성으로 잠입하여 조선공산당 재건과 전국 노동 운동을 이끌고 있는 중이었다. 따라서 조선 반도 전국 노동단체가 만들어지고 활발한 활동을 하고 있어서 시위도 자주 일어나고 있었다. 명시는 주로 전국 노동자들의 시위 소식과 각지 노동자들의 처지를 전단지를 발행해 알리는 일을 했다.

그림 염인영(마선무학 여교)

일본 경찰은 전국에서 노동자들의 불만과 시위가 잦으니 특히 메이데이 같은 노동절의 대규모 소요사태를 짐작하고 눈에 불을 켜고 감시했다. 특히 인천경찰서 고등계 형사들은 성냥공장에서 상주하며 사람들을 감시했다. 명시는 김휘성이 라는 가명으로 각 공장의 노동자들의 비밀 모임을 갖고 전단지를 만드는 일을 했다.

그들은 5월 1일 점심시간을 이용하기로 했다. 점심시간에도 돌아가는 기계의 작동을 멈추고, 일제히 노동자들을 공장 바깥마당에 모이게 하기로 약속했다. 비밀 모임에 참석한 사람들은 공장주와 일본경찰들과 맞서 싸울 확고한 의지가 있는 사람들이었지만 동시에 파업의 날이 다가오자 두려운 마음이 드는 것은 어쩔 수 없었다. 그러나 두려운 마음을 드러내기보다는 서로의 의지를 다독이기 위해 노력했다.

"이번 파업으로 일본인들에게 우리도 힘이 있다는 것을 알려줍시다!"

그러자 옆에 있던 사람들도 맞장구쳤다.

"그럽시다! 그들은 우리가 뭉치면 얼마나 무섭고 힘이 있는지를 알지 못합니다! 한 개비의 성냥이 성냥통 전체를 불태울 수가 있지요."

노동절 파업 당일 계획한 대로 누군가가 전원을 차단해 각

공장의 기계를 멈춰 세우자 사람들이 하나둘 바깥마당에 모이기 시작했다. 그리고 누군가의 선창에 따라 구호를 외쳤다.

"내지인과 차별을 금지하고 조선인의 임금을 인상하라."

"악질 감독 쫓아내자."

잠시 후 조장과 반장이 뛰어와 당장 가서 일하지 않으면 모두 쫓아낸다고 협박을 하였다. 공장에 상주하던 경찰들도 그들 옆에서 험악한 얼굴을 하고 있었다. 그럼에도 시위가 계속되자 이번에는 일본인 공장책임자가 나와 낮은 어조로 설득하려 들었다. 성냥값이 일본의 신식기계가 마구 찍어내어 가격을 높일 수가 없어 타산이 맞지 않는다, 중국인 노동자 임금이 얼마나 싼 줄 아냐, 하며 우는 소리를 해대다 효과가 없자 사뭇 협박조가 되었다. 내지에서 기계를 사오든지 만주로 공장을 옮기든지 하여 공장 문을 닫겠다고 엄포를 놓았다. 명시는 그 모든 것을 지켜보며 새삼 사람들의 힘을 느꼈다.

성냥의 막대기 부분은 바로 나무이다. 나무는 불을 조금만 붙이면 오래, 그리고 아주 거대한 불을 만들 수 있다. 그렇다. 그 작전은 성냥공장에 노동자들로 하여금 자신들 안에 열정을 일깨우고 불을 붙이는 것이었다. 단순히 아무 생각이 없는, 그저 주면 주는 대로 아무 말 없이 받아먹는 무지한 노동자들이 아님을 보여주는 것이다. 그래서 그들이 무시하고 함

부로 하지 못하게 하자는 생각을 했다.

긴장감을 품은 채 하루가 힘들게 지나갔다. 사장이 난색을 표해 농성은 풀리지 않았다. 노동자들은 협상이 될 때까지 기계를 멈추고 농성을 계속할 것이다. 그러고 나면 형사들이 주동자들을 찾아내어 체포에 나설 것이다.

명시는 그곳에 오래 있는 것이 위험해 공장 바깥으로 일단 돌아 나왔다. 그런데 공장 문 앞에 낯익은 한 여성이 멀리서 명시를 발견하고 멈춰서 있는 것이 보였다. 왜, 저 사람은 다른 노동자들과 함께 있지 않은 것일까? 명시가 다가가자 그 여자가 작은 목소리로 말했다.

"미안합니다, 정말, 너무 미안합니다."라고 말했다.

명시는 "왜 그럽니까? 왜 미안해하십니까."라며 불안해하는 여성을 진정시키려 했다. 그 여자가 벌벌 떨며 말했다.

"제… 제가 아주 큰 죄를 지었습니다. 제가 들고 있던 소식지를 그만 빼앗겼어요. 그놈들이 어디서 누구에게서 받은 거냐고, 말하지 않으면 직장에서 쫓겨나고 온 식구들 잡아간다고 하여… 아픈 남편과 아직 어린 애가 있어서…."

"그럼 곧 우리의 모임에 대해 알게 되겠다는 거군요."

명시는 놀라 정신이 희미해지려 했다. 하지만 위험은 늘 그림자처럼 붙어있는 것이라 어서 비밀장소로 돌아가 인쇄물이며 흔적을 숨겨야 했다. 갑자기 명시는 배가 너무 아파오기 시작했지만 신경 쓸 여유가 없었다. 명시는 비상연락망으로 조직원들의 접근을 막아야 했다.

어둑해질 때까지 기다렸다가 비밀장소에 가봤더니 이남희가 먼저 와 있었다. 그는 오래전 경상도에서부터 김형선과 뜻이 맞아 여기저기 떠돌며 노조활동을 하며 이곳 성냥공장 노동자로 위장 취업해 있었다.

"이곳이 노출되었어요."

명시는 다급하게 말했다. 그러나 이 일에 경륜이 있는 남희는 놀라기보다 천천히 명시의 손을 잡았다.

"명시 동지, 이곳은 우리에게 맡기고 어서 피하시오. 경성의 형선 동지 정체가 탄로나 쫓기고 있소. 동지의 피신이 더 급합니다. 여긴 용식이와 정리해 놓겠습니다."

이남희가 쪽지를 내밀었고 거기엔 명시가 가야 할 곳이 적혀 있었다. 경성 종로였다. 5월의 밤이 빠르게, 싸늘히 식고 있었다. 명시는 밤길을 걸어 종로로 갔다.

그리움

김서영 창원명곡고등학교

해외 비상연락책으로 종로에서 만난 사람은 고명자였다.

고명자는 29년 5월 동방노력자공산대학을 졸업하고 가을쯤에 경성으로 잠입해 김단야와 마포구 도화동에 방을 빌려 동거하면서 조선공산당 재건을 위하여 활동했다. 그러다가 신분이 발각되어 김단야는 상해로 피신했으나 고명자는 1930년 4월 강경경찰서에 체포되었다.

당시 조선공산당 재건사건으로 체포된 23명은 1931년 10월 28일 경성지방법원에서 최고 10년에서 미결구류 240일까지를 언도받았는데, 고명자는 징역 2년 집행유예 4년 형을 언도했으나 곧바로 출감했기 때문에 상해에서도 변절했다는 의심을 받고 있었다. 그러나 이를 아는지 모르는지 고명자는 그저 김단야의 안부를 묻고 그를 걱정했다.

명시에게도 40원을 건네주며 해외로 어서 도피하라고 말했다. 오빠 김형선도 신분이 탄로나 도피 중에 있다는 말을 했다. 시간을 다투는 일이라 러시아 모스크바 유학 생활 이후로 처음 보는데도 긴 이야기를 나눌 틈이 없었다.

명시는 16일간 혼자 걸어서 경성에서 신의주까지 갔다. 압록강만 건너면 중국 안동으로 갈 수 있었다. 하지만 일제 경찰의 손길이 더 빨랐다. 이미 내부 기밀은 국경연락책인 독고전이라는 오랜 조직원의 배신으로 경찰들에게 넘어가 인천의 비밀장소가 발각되었고 동지들이 속속 잡혀 들어가고 있었다.

신의주 한 농가에서 명시는 체포되었고, 신의주 경찰서로 끌려가 구금되었다. 짧다면 짧고 길다면 긴 1년 동안 수사와 고문을 받았다. 그때 명시의 뱃속에는 작은 생명이 숨 쉬고 있었다.

명시는 인천에 있는 국내 노동조직원들과 상해지도부를 비롯한 '국제선'이라 불리던 상해에서 국내로 비밀리에 들어와 신분을 속이고 노동활동을 하고 있던 당원들을 보호하기 위해 버텼다. 하지만 1932년부터 1933년까지 조선공산당 재건에 관여한 주요 지도부는 거의 모두 잡혀와 수감되었다. 1932년 겨울에 상해에서 조봉암과 홍남표가 잡혀 들어왔고,

1933년 여름에는 경성에서 오빠 김형선과 고명자가 잡혔다. 그리고 상해에서 박헌영이 잡혔다. 상해에는 김단야와 주세죽도 있었는데 다행히 박헌영이 소동을 일으키며 기지를 발휘해 주세죽과 김단야는 눈치 채고 무사히 러시아로 도피했다.

박헌영은 김단야를 잡으려던 상해의 일경에게 우연히 잡혔는데, 1933년 7월 김단야의 접선 장소에서 첩보로 잠복해 있던 공동조계지에서 체포되었다. 그는 곧 배에 태워져 조선으로 압송되었다. 그는 주세죽과 김단야가 도피할 수 있는 시간은 벌었으나 고명자에게 보내질 암호로 된 편지는 일경에 압수당했다. 박헌영이 명시가 러시아 유학을 가 있는 동안 제1차 조선공산당 체포 때 감옥에서 똥을 먹는 등의 정신병자 행세를 해서 주세죽과 상해로 도망쳐온 일화는 유명했다.

일제는 항일독립지사들을 체포하면 바로 그날 가장 심하게 고문했기 때문에 대부분 잡혀온 그날 자백을 했고, 길어도 5일을 넘기지 못할 정도로 가혹했다. 1925년 이후 연이은 조선공산당 사건으로 수백 명의 사람들이 주기적으로 체포되거나 투옥되었고 고문 중에도, 고문 뒤끝에도 죽어나가는 사람들이 부지기수였다.

2차 조선공산당 책임비서 강달영은 스스로 책상 모서리에

그림_ 김서영(창원명곡고)

머리를 찧으며 자살을 기도했다가 간신히 살았는데 출옥 후 정신분열증세를 보여 폐인이 되었다.

일제는 보통 사상범은 7년 이하의 형을 주었는데, 그 기간을 늘이기 위해 재판 시기를 무한정 늘이는 수법을 썼다. 재판도 받지 못하고 조사받는 기간 동안 고문에 죽은 동지들이 숱하게 많았는데 명시 또한 1년 넘게 조사와 고문으로 수감되었다.

일제 경찰의 조사와 고문, 명시는 19년도 만세운동 때 어머니가 반쯤 거동을 못할 정도로 망가져 나왔던 것을 이미 보았다. 그러니 명시의 뱃속에 깃든 생명이 그 긴 시간을 버틸 수 없는 것은 너무도 당연한 일이었다.

이 땅에서 투옥과 고문 없이 어떻게 항일투쟁을 한다고 할 수 있을까. 이미 각오는 되어있었다. 그런데도 뱃속에 생명이 깃들었다. 뜻하지 않았지만, 명시는 자책했다. 도저히 이 땅에서, 더더구나 내일을 기약할 수 없는 혁명가의 삶에는 어울리지 않는 일이라는 것을 알았음에도, 어쩌면 막연한 기대를 했던 것은 아닐까. 서슬 퍼런 일본 제국주의 치하라도 생명을 낳고 기르면서 활동을 할 수도 있지 않을까. 그렇게 단단했던 마음의 허술한 틈을 타 풀씨처럼 날아든 생명은 채 3개월도 버티지 못했다. 어쩌면, 주세죽이나 박헌영이 자신들의 아이를 러시아 혁명가를 위한 스타노바 육아원에 맡기고 상해에서 활동하고 있는 모습을 자신도 모르게 동경했던 것은 아닐까. 김명시라는 한 개인의 삶, 여자로서의 삶, 가족, 가정에의 꿈같은 것들은 혁명가의 삶에 뛰어들며 오래전에 포기한 줄 알았는데 욕심이었던 것일까. 남의 나라가 된 조국에서 활동하며 자신도 모르게 그런 것들을 꿈꾸었던 것은 아닐까. 명시는 때늦은 의심과 후회를 했다.

이듬해 명시는 경성지방법원 재판장에 섰다. 1년이 넘는 오랜 기간의 고문과 지루한 심문 끝에 선 재판정 위, 많은 눈들이 명시를 지켜보고 있었다. 그 눈들 속 그리운 얼굴이 보였다. 어머니였다. 같이 재판을 받는 오빠 김형선이나 조봉암, 박헌영, 홍남표, 고명자 등 여섯 명의 그립고 낯익은 얼굴들도 있었다. 하지만 멀리서도 어머니는 저절로 눈에 들어왔다.

러시아로 떠난 이후 처음 보는 어머니는 그새 머리가 희어지고 몸은 더 까맣게 그을리고 자그마해져 있었다. 고향 마산서 먼 길을 올라오시느라 힘들었을 터인데도 어머니는 여전히 힘든 기색 하나 없이 무언가 단단히 마음먹은 표정으로 명시를 한참이나 바라보았다.

고향 마산을 떠난 지 8년 만이었다. 8년 만에 바라보는 그

불꽃으로 피어오른 명시

리운 얼굴이었다.

어머니에게는 지금 명시뿐만이 아니었다. 김형선 또한 같이 선고가 내려질 것이었다. 일제가 오빠에게는 더 가혹한 고문과 판결을 내릴 것이다. 조선공산당 재건의 책임자이므로 이번 검거령의 핵심 중에서도 핵심 인물이었기 때문이다. 오빠 김형선은 신의주에서 체포된 명시와는 달리 경인 지역으로 도망쳐 여전히 노동운동을 하다 첩보로 3백여 명 규모의 대대적인 경기도경의 수색에 걸려 노량진에서 검거되었다. 7월이었다. 그리고 곧장 서대문경찰서로 압송되어 혹독한 고문과 조사를 받았다.

김형선은 성격이 소처럼 우직하지만 폐가 약해서 계절이 바뀌면 병을 앓았다. 명시는 자신보다도 오빠가 더 걱정스러웠는데 아마도 어머니는 그 걱정 위에 명시 걱정 하나가 더 올려졌으니, 그 누구도 어머니의 걱정이 얼마나 무거울지 짐작할 수조차 없었다.

명시는 눈물이 나오려 했지만 꾹 참아내고 어머니를 바라보았다. 다행히 같은 피고인석에 앉아 있는 오빠는 조금 수척하였지만 담담해 보였다. 게다가 같은 혐의로 체포된 조봉암, 박헌영, 고명자 등의 동지들이 나란히 피고인석에 앉았다.

한참이나 바라보았을까, 어느새 선고가 내려졌다.

"김명시, 조선공산당 재건과 치안유지법과 출판법 위반, 불법 파업 선동 혐의로 6년을 선고한다."

그 말이 떨어지자 어머니가 고개를 숙였다. 오빠 역시 치안유지법과 출판법 위반, 파업이나 동맹휴학과 관련 등으로 징역 8년을 선고받았다. 그중에서도 가장 높은 형기였다.

아무리 당당한 모습을 보였어도 어머니의 고개 숙인 모습에서 자식 걱정에 어쩔 수 없이 약해지는 부모의 마음이 읽혀 명시는 마음이 아팠다. 하지만 당당해져야 한다고 속으로 자신을 다독였다. 어머니에게는 자신뿐만이 아니라 오빠의 선고가 있었고 자신이 강해져야만 어머니가 덜 걱정할 것이기 때문이었다.

명시는 아무렇지도 않다는 담담한 얼굴로 어머니에게 보일 듯 말 듯 살짝 미소 지어 주었다. 그런 모습으로 그동안 못 보던 그리운 얼굴들을 볼 수밖에 없었다.

갇힌 몸, 별 헤는 밤

김현진 마산무학여자고등학교

그날도 그렇게 울었다.

세상이 끝날 것같이 울었다.

그런데 지금도 눈이 펄펄 내리는 이 밤, 명시는 다시 홀로 울고 있었다. 참을 수 없는 울음이 명시의 작은 몸속에서 끝도 없이 질기게 풀려나왔다. 그날 이후. 밤하늘 속 별을 하나하나 세어가며 수많은 날들을 울음 대신 앓으며 참아왔다.

여기서 나가면, 여기서 나가면…

우리의 민족을 위해서는 어린 여자, 부녀자들부터 교육을 받아야 한다고 생각했다. 나라가 기울어져 가는데 남녀 가릴 것이 어디 있겠느냐, 그들의 삶에 도움이 되고 그들이 깨어나 일제에 대항하고 서로 뭉쳐 더 좋은 세상을 만들 수 있을 것이라고, 기관지 콤무니스트와 태평양 노조를 발행하며 국내

그림_ 김현진(마산무학여고)

와 국외 소식을 알리고, 어린 여공들을 가르치고 조직하였다. 어머니가 명시에게 그랬듯…. 다시 한번 더 시간을 되돌린대도 똑같은 선택을 할 것이긴 할 테지만, 누가 알았을까?

다시 일으켜 세울 조선공산당 안에도 일본 놈들의 앞잡이가 있을 줄이야, 아주 오랜 동지이자 신의주 국경 기관지 연락책 독고전이었다. 그의 배신으로 이미 오빠 김형선과 명시가 잡히는 것은 시간문제였다. 그동안 '국제선'이라는 비밀 조직이 그를 통해 숱하게 기관지 콤무니스트를 국내에 들여다 놓았는데, 그는 어느 순간 20여 개의 세포조직과 동지 90여 명의 생명이 걸린 주요 정보를 일경에게 넘기고 있었다. 생각하면 동지의 배신, 그것 또한 너무 아픈 일이었다. 그로 인하여 상해지도부까지 조직이 와해되었다.

명시가 아직 어렸던 열세 살 무렵에 일어난 3.1 만세운동을 겪기 전까지는 그저 마산이라는 작은 도시의 바닷가에 있는 가난한 동네밖에 몰랐다. 마산을 넘어서서 나라와 나라 밖 외국 같은 것은 생각해 본 적이 없었다.

그런데 조금씩 어디선가 일본인들이 몰려와 자기네끼리 모여 살고, 가난한 조선인들이 19년 만세운동을 일으키고, 오빠와 어머니가 돌아오지 않던 그날부터 모든 것이 달라보였다. 그들 일제가 몰래 야금야금 들어와 주인 행세를 하며 모든 것을 빼앗아 가고 있다는 것을 깨달았다.

　운이 좋게도 명시의 어머니는 많은 것을 깨우친 사람이었다. 그것이 비단 고등 교육 등의 수준 높은 교육을 받았다는 것이 아닌, 세상사 많은 것들을 알고 있는 사람이라는 뜻이다. 옳은 것과 그른 것, 닮아있는 것과 다른 것, 명시의 어머니는 무엇보다 잘 알고 있었다. 그리고 어머니는 무력하게 조선이 일본에게 넘어가는 것 또한 잘못된 일임을 깨달았으리라. 본디 조선의 여성이라면 가정이 부유하지 않은 이상 서당까지만 가는 것이 당연한 일인데, 어머니는 첫째도 아닌 둘째인, 그것도 아들도 아니고 딸인 명시를 학교에 보냈었다. 어쩌면 이른 나이에서부터 숨길 수 없는 명시의 또렷한 총명함을 보았을지도 모른다.

　명시는 처음 아무리 모진 고문을 받더라도 정신만은 또렷했고 마음 또한 단단했다. 오직 배신한 놈을 잡겠다는 생각과 언젠가는 독립하는 그날 일본군 놈들을 가만두지 않겠다는 생각을 하자 힘들고 고된 이곳조차 명시에겐 큰 위협이 되진 못했다. 미친년, 독종 소리를 들어가며 버텨냈다. 눈물을 흘리는 것 자체가 그들에게 지는 것처럼 느껴졌기에 아무리 힘들어도, 하도 많이 맞아서 눈앞이 흐려져도 절대 지지 않겠다는 의지 하나로 눈물 한 방울 흘리지 않았다.

그림_ 김현진(마산무학여고)

명시는 텅 빈 자신의 배를 쓸었다. 자신의 배 속에서 자라던 작은 별이 바스라진 것에 대해선 한없이 아파했다.

그날, 고문으로 피가 하도 많이 흘러 눈조차 제대로 뜨지 못했었다. 경찰서 내에서도 경찰들 간에는 일본인 경찰과 조선인 경찰이 하는 일이 달랐다. 일본 경찰들은 조서를 꾸미고 꼬치꼬치 심문을 하고, 대답이 시원찮을 때는 조선인 고문관이 들어와 돌아가며 마구 걷어차거나 수감자를 매달아 매질을 하고, 고춧가루를 탄 물을 기절할 때까지 들이부었다.

고문관들이 돌아가며 배를 마구 걷어차고, 짐승처럼 온몸을 몽둥이로 구타하는 것은 여사로 있는 일이라 아무렇지 않게 받아들였지만, 며칠간 계속 이어진 복통 탓에 신경이 쓰일 수밖에 없었다. 심한 고문 끝에 온몸의 구멍에서 피가 흘러나오던 날 명시는 자신이 유산을 했다는 것을 알게 되었다.

혁명가라서 여느 부녀자들처럼 최선을 다해줄 순 없겠지만 자신의 어머니가 그랬듯, 더 넓은 세상을 안겨줄 수 있게, 아름다운 곳만 볼 수 있게 해줄 수 있었을까. 몸에서 무언가가 쑥 빠져나가듯 하혈을 하고 난 뒤, 멍하게 천장만 보고 있으니 그동안 자신은 채 깨닫지 못했지만 자신의 몸 안에 깃들어 있던 아기와 함께한 시간들이 지나갔다.

생각해 보니, 도피 중에도 내내 시거나 단 과일들이 너무 먹고 싶었다. 아마 과일을 유달리 좋아하는 아이였겠지. 하지만 돈이 없어 제대로 된 과일 하나 먹어주지 못한 게 머릿속을 끊임없이 맴돌기 시작했다. 한 번 꼬리를 문 생각은 그렇게 명시를 집어삼켜 갔다.

임신을 하고부터는 그렇게 어머니가 보고 싶었던 명시였다. 마산에서 홀로 다섯 남매를 키워내며 힘들 만도 했건만, 명시의 어머니는 항상 내색하지 않았다. 생선 장사를 하며 손뿐만 아니라 몸까지 덕지덕지 비린내를 묻혀가며 돈을 벌었던 사람이었다.

본격적으로 독립 운동을 하기 시작하면서 명시는 내내 러시아며 중국 상해, 만주로 떠돌아다니느라 바빴고 조국으로 들어와서는 고향인 마산에 내려간 적이 없었다. 띄엄띄엄 고향 소식이나 들을 정도였다. 오빠 김형선조차 기관지 콤무니스트와 자금을 넘길 때 한 번 만난 것이 전부였다. 아무리 조국을 위해 혁명을 한다지만, 소중한 사람들에겐 형편없는 사람이었던 것만 같아 또 다시 눈물이 날 것 같았다. 어머니에겐 자신이 어떤 의미였을까, 어머니 생각을 하자 아이를 잃었다는 것이 명시의 마음을 다시 찌르기 시작했다.

명시의 별, 무엇보다 빨갛게 반짝이던 별은 이젠 별똥별이 되어 천체에서 사라지게 되었다. 아이를 잃었다는 사실이 명시의 마음을 이상하게 만들었다. 아무리 버티기 위해 노력해도 누군가가 배신했다는 좌절감과 또 다른 모습으로 허무하게 생명을 떠나보냈다는 절망감을 느꼈다. 그날 밤만은, 만주 벌판을 떠돌던 백마 탄 여장군, 150센티미터가 안 되는 작은 거인, 옛날의 김명시는 더 이상 볼 수 없었다.

'오늘만이야. 오늘만 우는 거야. 딱 오늘만.'

혼잣말이 끝나자마자 명시는 펑펑 울었다. 그리고 그때 마음을 먹었다. 이곳을 나간다면 며칠만이라도 고향에 내려가서 어머니의 아픈 몸을 껴안고 그 품에서 잠들어 보고 싶다고.

그런 마음으로 지내기를 6년이 지났는데, 그런데 오늘, 창살 너머로 유난히 눈이 많이 내리는 날이었다. 그러잖아도 추운 신의주에서, 폭설을 맞는 것은 형무소 내 수감되어 있는 재소자들을 더 힘들게 만들었다. 얇은 모포 한 장으로 지내느라 대부분 동상이 걸려 있었다.

명시 또한 동상 걸린 발끝으로 종종거리며 형무소 공장 노역에서 돌아와 보니 명시의 이름으로 된 편지 하나가 도착했다. 남동생 형윤으로부터 온 편지였다.

"누나, 몸은 좀 괜찮으십니까? 신의주 형무소에서 버

티기란 쉽지 않을 텐데… 전 누나가 일본군들에게 절대 지지 않을 거라 믿고 있습니다. 추운 겨울 밤, 어머니께서 우리의 곁을 떠나셨습니다. 결코 짧지 않은 생을 사셨지만, 어머니가 없는 삶을 살아내기가 좀처럼 쉽지 않군요. 일단 장례식은 주위 사람들의 도움으로 간소하게나마 끝마쳤습니다. 다 큰 성인이지만 어머니께서 떠나가신 요즈음 눈물이 막연하게 흐릅니다. 누나도, 형선이 형님도 너무 보고 싶어요. 언제 날이 따스해지면 그땐 다 같이 어머니를 뵈러 갑시다. 항상 건강하세요.

  동생 형윤 올림"

  '왜? 하필 지금이야. 조금만, 조금만 더 버티면 만날 수 있었는데!'

  '왜, 안 좋은 일은 한꺼번에 일어나는 것인가.'

  명시에겐 버틸 수 없을 만큼의 슬픔이 몰려왔다. 항상 자신을 자랑스럽게 여기던 어머니가, 삼 남매를 홀로 키워내며 강인했던 어머니. 이제는 볼 수도, 만질 수도 없다는 게 명시를 다시 절망으로 몰아넣었다.

  1년 가수감 후 6년의 선고를 받고 갇혔을 때 어머니는 면회를 왔다. 그때 어머니는 오히려 갇힌 딸에게 작지만 힘이 옹골차게 든 목소리로 말했다.

"너는 내 자랑스러운 딸이다. 네가 훌륭한 일을 하고 있다는 걸 안단다. 언젠가 좋은 날이 오면 네 노력이 헛되지 않을 것이다. 그러니 마음 단단히 먹고 꿋꿋하게 버텨라. 너나 너희 형제는 누가 뭐래도 내 자랑이다."

그러나 그런 어머니, 여기서 나가면 가장 먼저 고향으로 돌아가 어머니를 만나려 했는데, 그 희망마저 이제 사라진 것이다.

명시는 어머니의 죽음 소식에 잠을 잘 수가 없었다. 배 속의 아이를 잃은 그날 밤 이후 6년 만에 다시 커다란 슬픔에 압도되었다.

처음에는 작은 소리로 울었지만 점점 더 이상 울음을 참을 수 없게 되었다. 저절로 큰 울음소리로 바뀌었다.

명시는 고문 후유증이 채 낫지 않은 언 몸과 사랑하는 사람을 잃은 마음 때문에 며칠 동안 앓았다.

며칠 후 낯익은 간수가 조그만 배식통에다 무언가를 넣어주었다.

"조봉암 씨가 주라던데…."

받아보니 낡은 헝겊으로 만든 벙어리장갑이었다.

조봉암이 소식을 들은 모양이었다.

같은 형무소에 수감된 지 6년째인데도 서로 건너건너 소식만 들을 수 있을 뿐 얼굴은 볼 수 없었다. 오빠 김형선과 박헌영도 처음에는 이곳 신의주 형무소에 같이 수감되어 있었는데 둘이 마음을 맞춰 3.1절이나 광주학생운동일, 러시아혁명기념일 등이면 내도록 옥중 시위를 하거나 단식 투쟁을 했다. 목욕 횟수를 늘려달라거나 식사 문제를 개선하라는 식이었다.

그들은 모두 기본적으로 독방에 갇혔는데, 분란을 계속 일으키자 묶어놓거나 온종일 서 있어야만 하는 아주 작은 징벌방에 가둬놓았지만 아무런 소용이 없었다. 그래서 둘은 결국 악명 높은 경성의 서대문 형무소로 옮겨졌다.

그들이 이감되자 명시는 더 외로웠는데 그 자리를 조봉암이 메워주고 있었다. 조봉암은 조용했다. 묵묵히 할 일을 하면서 주변의 재소자들을 돌봤다.

그는 명시가 체포된 이후 32년 9월 상하이의 프랑스조계에서 일본 경찰들에게 추격당하다가 체포되었다. 명시와 더불어 재판을 받고 7년을 언도받은 뒤 같은 평안북도 신의주 감옥에 복역하고 있는 중이었다. 그도 얼마 전 그의 부인 김금옥이 상해에서 병사했다는 소식을 접하였다. 조봉암은 줄곧 독방에 갇혀 있었는데 신의주 지방은 유난히 추운 곳이어

별이 사라진대도

서 고문으로 상한 손가락 7개가 동상으로 잘려 나가 불편한 데도 다른 동료 수감자들을 이래저래 돌보고 있는 중이었다. 조봉암은 상해에서나 감옥에서나 이래저래 세심하고 따뜻했다.

그래선지 명시는 더 이상 슬퍼하지 않았다. 물론 아직까지 아기와 어머니를 잃은 슬픔은 가시지 않았지만 이젠 더 이상 잃을 것이 없다는 오기 같은 마음이 들면서 살아남아서 꼭 나가고 싶어졌다.

명시를 그토록 아꼈던 어머니 인석도 마지막 소원으로 오빠 형선과 명시 같은 사람들이 마음 놓고 살 수 있는 해방된 세상을 꿈꾸었을 것이다. 그러니 어서 그 소원을 앞당겨야 했다.

어머니를 생각해서라도 이러면 안 된다는 결심이 들어섰기 때문이다. 그렇게 소중한 가족들을 잃은 여자 명시에서 다시 죽음을 두려워하지 않고 만주벌판을 달리던 백마 탄 여장군 김명시로 바뀌기 시작했다.

'그래, 김명시. 어머니가 그리 자랑스럽게 여기던 네가 지금 이렇게 울고 있을 때냐. 조선을 위해, 자신을 바치기로 한 것을 벌써 까먹은 것이냐.'

명시는 스스로를 그렇게 질책했다. 그리고 마음을 다독였

다. 강철이 뜨거운 불과 차가운 물에 거듭 단련될수록 강해지
듯 인간은 슬픔과 절망에 강해질 거라고. 자신은 이곳 갇힌
감옥 같은 조선에서 공산당 조직을 만드는 일보다 적을 한 명
이라도 더 죽일 수 있는 전쟁터로 갈 것이라 다짐을 했다.

별들은 자신의 곁에서 떠나 하늘로 올라갔으나 일본을 꼭
망하게 하리라는 사명감에 불타오르는 마음은 날이 갈수록
강해져만 갔다. 더 이상 잃을 것 없는 시간 속에서 명시는 다
시 희망의 별을 품었다.

살아남아서 꼭 나가는 것.

1939년 겨울, 명시는 신의주 감옥을 나오자 곧바로 얼어
붙은 압록강을 건넜다. 지닌 것이라고는 7년간의 노역으로
받은 10원뿐이었다.

그림_ 김하은(마산삼진고)

4부

1940년 석방된 김명시는 국경을 넘어 다시 만주로 가서 조선의용군 김무정을 찾아가 항일 전쟁에 참여한다. 1945년 해방을 맞아 경성으로 돌아와 활동하다 공산당 활동을 불법화한 이승만 정권에 의해 1949년 부평경찰서에 체포되어 죽음을 맞는다.

조선의용군, 만주의 작은 별들

김하은 마산삼진고등학교

1939년, 신의주형무소에서 6년 만기 출옥을 하였다. 출옥 후 오랜만에 너른 하늘을 바라보았다. 자유의 냄새였다. 하지만 한숨을 크게 들이쉬고는 아직 여기서 멈출 수 없다고 다짐했다.

7년 만이었다. 25세에 아이를 임신한 몸으로 감옥에 들어와 32세에 다시 세상에 나온 것이다. 아이도 잃고 어머니도 잃은 곳, 이곳은 더 이상 아무것도 남은 것이 없는 불 꺼진 방 같았다. 더구나 상해와 국내에 있던 당 조직부는 거의 다 잡혀와 투옥되어 있었다. 또 명시는 보호관찰대상인 사상범이었으므로 일거수일투족 감시가 따라붙어서 국내에서는 더 이상 활동이 힘들 것 같았다. 아직 조국은 거대한 감옥과도 같았다.

신의주는 강만 넘으면 중국이었다. 29년 이후 31년까지 흑룡강성 하얼빈 길림성 아성현 등등 만주 일대를 돌아다닌 덕분에 그곳 지리는 익숙했고 동지들도 있었다. 똑같은 죽을 자리여도 눈에 보이지 않는 촘촘한 그물에 갇힌 이곳 국내보다는 강 건너 중국 쪽이 한 명의 적이라도 더 싸워볼 수 있는 곳이었다. 지난 7년 동안 우리에 갇힌 짐승처럼 너무도 갑갑하게 살아오지 않았던가.

명시는 삼엄한 감시의 경계망을 뚫고 곧장 얼어있는 강을 건너 걸어서 조선의용대를 찾아 홀로 이동하기 시작했다.

일제는 29년 끝 무렵 미국에서 시작된 세계대공황의 여파로 재정이 얼어붙자 전쟁이라도 일으켜 식민지를 넓혀 물자를 노획 증산할 필요성을 느끼고, 31년 만주사변을 일으켰다. 단지 6개월 만에 만주를 접수하자 37년 중국 본토를 공격하여 다시 전쟁을 일으켰다.

오랜 내전으로 어지럽던 중국 내부에서는 일본에 대항하기 위해 또다시 국공합작을 했다. 흩어져 있던 공산당 부대가 국민혁명군과 통합하면서 팔로군이 만들어졌다. 여기에 항일투쟁을 하던 조선인들도 대거 참여를 하였다.

명시는 중국 팔로군에 입대해 천진, 제남, 북경, 태원 등 팔로군 점령 구역을 다니며 활동했다. 여자라고 몸을 사리지

그림_ 김하은(마산삼진고)

않았고 죽음조차 두려워하지 않았으며 누구보다 앞장서서 싸웠기 때문에 용감하게 싸우는 조선 여자, 백마 탄 여장군으로 소문이 자자했다. 팔로군 안에서는 상해 임시정부에 있던 이화림도 와 있어서 명시와 좋은 동무가 되었다. 팔로군 안의 조선의용대에서는 전선공작대라하여 주로 징집 되어 일본군이 되어 있는 조선 청년들을 상대로 투항하기를 설득 회유하는 일을 했다.

"조선병은 총구를 뒤로 돌려 일본 상관을 쏴 라."

"조선의용대가 되어 함께 일본군과 싸우자."

그러던 어느 날 한 청년이 명시를 찾아 강서성 서금으로 극비리에 왔다. 김무정이 보낸 밀사였 다.

"김무정 씨가 살아 있다고요?"

한때 상해를 떠난 이후 김무정이 죽었다는 소 문이 돌아 명시가 상심했는데, 무사히 살아남아 팔로군 총사령부 포병대장이면서 작전과장도 맡 고 있다 했다. 김무정의 본명은 김병희였다. 무정이라는 이름은 중국인 장교들이 빼어난 장수라는 뜻으로 붙여준 별명이었다.

일찍이 명시가 중국으로 건너온 것을 알고 찾고 있던 중에 용감한 조선 여자에 대한 소문을 듣고 알게 된 것이라 했다.

"지금 연안에 있는데 꼭 모셔오라 하셨습니다."

국공합작으로 팔로군은 장개석의 국민당 정부군과 공산당의 홍군이 하나의 군대가 되어 일본군과 싸우고 있지만 합작이 언제 깨져 다시 서로 총부리를 겨눌지 알 수가 없었다. 이번 합작도 벌써 두 번째였다. 따라서 항일투쟁을 위해 팔로군 안에 있던 조선인들 역시 장개석을 반신반의했고, 국민당 정부군에 남을 것인지 공산당에 합류할 것인지를 두고 의견이 분분했다.

명시는 팔로군부대에 대한민국 임시정부 일로 중경으로 간다고 말하고는 통행증을 받아 국민당 정부군 복장으로 강서성 서금에서 섬서성 연안까지 수천 킬로미터를 두 마리의 당나귀를 타고 갔다.

상해 프랑스 조계지에 있던 대한민국 임시정부는 상해가 일본군에게 함락되자 장개석 정부와 함께 중경에 피신해 있었는데 홍군이 있는 연안은 중경을 지나 더 북쪽으로 가야만 했다.

그들은 중경에서는 배를 타고 장강을 거슬러 올라갔다. 위로 갈수록 일본군과 교전 중인 최전선이었다. 그들은 일본군이 점령해 있는 의창 입구에서부터는 배에서 내려 홍산 산줄기를 타고 걸어서 이동했다. 낙양에서는 국민당 군복을 벗고 민간인복으로 갈아입었지만 전장이라 낮이면 일본군 비행기가 날아와 포탄을 퍼부었다. 그 길고 험한 여정은 예전 만주 벌판을 떠돌 때가 생각나게 했다. 항일투쟁을 하는 것인지 걸어서 중국을 떠도는 것인지 모르겠다는 탄식과 한숨이 절로 나왔다.

그들이 홍군이 있는 연안분지에 다다랐을 때는 이미 겨울이 되어 있었다. 1940년 끝자락이었다.

연안의 공산당 본부와 팔로군 총사령부는 언덕의 붉은 흙굴을 파고 방을 만들어 생활하고 있었다.

"오랜만이오. 김명시 동무."

김무정은 헤어질 땐 20대 청년이었는데 이제는 노련한 30대의 포병부대장이 되어 있었다. 그는 명시보다 세 살이 많았지만 상해에서는 어찌나 거침없이 행동했는지 말썽 부리는 동생과도 같았다. 오는 길에 그의 화려한 활약상을 귀에 못이 박히도록 들을 수 있었다. 그럼에도 괄괄하고 호탕한 성격은 못 버렸는지 명시의 두 손을 꼭 잡고는 반가워서 마구 흔들어

댔다.

"추운 길에 온다고 고생 많았어. 이제 같이 싸우는 거야."

명시는 한동안 중국 각지의 똑똑한 조선 청년을 포섭해 와 조선의용대원으로 교육하는 일을 했다. 전쟁터에서 산전수전 다 겪은 노련한 병사가 목숨을 걸고 중국 각지의 인텔리 출신들을 포섭하고 교육했는데, 그들은 적군을 선전 선동하여 교란시키는 일을 해야만 했기 때문이다. 한 명이 수백 명의 일본군을 정신적으로 무장해제를 시킬 수 있었기 때문이다. 적의 지역에 있는 똑똑한 젊은이를 포섭하여 교육하는 일을 적구공작대라 불렀다. 명시는 주로 북경지구를 담당했고 안병진은 천진지구를 담당했다. 그들이 담당하는 북경과 천진지구에는 일본 관동군 70만과 100만 대군의 팔로군이 대치하고 있었다. 그러나 전선은 지루하게 교전 중이었다.

1942년 6월 명시에게 새로운 임무와 직책이 주어졌다.

김원봉이 대장을 맡은 조선의용대를 조선의용군으로 개편하면서 명시는 총정치위원이 되어 태항산 자락으로 가게 되었다. 조선의용대는 중국국민당의 지원으로 설립되었으나 지금 국민당은 일본과 평화협정을 추진하고 있었다. 이에 반발한 사회주의 계열의 의용대원들은 1941년 봄, 우선 1차로 140여 명이 국민당 몰래 팔로군 전선사령부가 있는 태항산으

한토의 오만함과
한주의 자만감을
가
지
지
않
았
다
…

그림_ 김하은(마산삼진고)

로 이동하였다. 이들은 스스로를 조선의용대원 화북지대라 불렀다. 이들과 합쳐 조선의용군으로 편성한다면 300여 명 규모로 조직이 커지고, 김무정이 사령관을 맡을 것이라 했다. 계림에 남은 김원봉과 민족주의 계열 조선의용대원들은 대한민국 임시정부에 합류하여 무장부대를 만들 거라는 정보가 들려왔다.

명시는 3주일간 말을 달려 태항산 줄기 하북성 쪽 섭현이란 곳으로 출발했다. 김무정과 조선의용군과 함께하게 되어 좋았다. 거기에는 그동안 함께 싸웠던 낯익은 얼굴들이 많았다.

명시가 팔로군 전선사령부에서 조선의용군이 있는 중원촌에 갔을 때, 대원들은 이미 전선에 투입되었고 김무정 장군은 아직 인수인계가 끝나지 않아 도착하지 않았다. 그런데 강서성 서금에 있을 때부터 함께 전선에 참전했던 이화림을 만났다. 오랜만에 만난 둘은 서로 얼싸안고 기뻐했다. 하지만 이화림은 여러 가지 안타까운 소식을 전했다. 한때 명시와도 같이 싸웠고 문학과 철학을 좋아하며 아이처럼 맑았던 윤세주, 진광화라는 가명으로 들고 있던 총구를 당신의 상관에게 돌리고 같이 싸우자며 일본군을 유창한 일본어와 조선말로 설득하던 김창화가 죽었다는 소식과, 글을 잘 쓰던 김학철이 부상 끝에 일본군에 잡혀 갔다는 사실 등이었다.

한 달 전 일본군 4만 명이 장갑차와 비행기로 총공세를 펼쳐 조선의용대 부대원 13명이 죽고 팔로군의 피해도 커서 사령부까지 철수를 했다는 소식도 전해주었다. 좋은 시절을 만났더라면 재주 많고 똑똑한 젊은 동지들이 하고 싶은 일을 마음껏 할 수 있었을 텐데, 남의 나라 전쟁터에서 이름 없이 하나둘 스러져 가는 일에 도무지 익숙해지지 않았다.

명시는 그들의 젊고 아까운 죽음을 슬퍼했다. 만약 그들이 죽어서 별이 된다면 아마도 하늘은 총총 박힌 작은 별들로 빈자리가 없을 듯했다.

스스로 신성한 황명을 받드는 황군이라 칭하는 일본군은 1941년 초부터 수만 병력을 동원해 팔로군과 조선의용대 근거지인 태항산을 몇 차례나 공격해 왔고 그럴 때마다 마을을 불태우고 주민들을 학살했다.

이런 소모적인 전쟁터의 모습은 말할 수 없을 정도로 처참했다. 지루한 교전이 길어지자 식량난 해결을 위해 일본군은 북경과 천진 인근에 대규모 농장을 세웠는데 조선의용군은 이 농장들을 습격했다.

"민족이 없으면 나라도 없다. 저 일본 놈들과 그 직속 부

하들까지 한 놈도 살려두지 말아라."

조선의용군은 봇물 터지듯이 거세게 쏟아져 달려 나갔고, 그곳의 친일파 및 순경들을 일말의 자비 없이 공격하기 시작했다.

일본군의 농장 습격으로 곡식과 우마를 빼돌렸고 농장 인부들은 탈출하여 조선의용군이 되었다. 그렇게 일본군의 농장을 습격해 식량을 조달하는 것도 한계가 있었다. 그렇다고 조그만 마을의 농부들에게 손을 벌릴 수도 없었고 강냉이죽이나마 먹어야 전쟁을 할 터였다.

태항산 쪽으로 몰린 팔로군의 보급로가 일본군에 의해 차단되자 점점 그들은 궁핍해졌다. 팔로군과 의용군은 식량을 자급자족하기 위해 1943년 봄부터 직접 농사를 지었다. 손에는 무기 대신 농기구가 들려졌다. 그들은 하루에 두 끼만 겨우 먹었다. 피가 끓는 젊은이들은 이 상황을 못 견뎌 했다.

7월 일본군의 총공세에 밀려 팔로군과 조선의용군에 많은 사상자가 생겼고, 1944년 10월에는 중국공산당 본진이 있는 연안으로 밀려갔다. 중국 공산당 모택동과 팔로군 총사령관 주덕은 조선의용군을 전선에 내보내지 않고 보호하라는 명령을 내렸다. 곧 연합군이 전쟁에서 승리하면 그들이 조선으로 돌아가 공산당을 이끌 주역이 될 것이라는 판단에서였다.

명시는 조선의용군 1백여 명을 이끌고 44년 1월에 연안으로 떠났는데 꼬박 석 달 동안 행군한 끝에 4월 7일 연안에 도착할 수 있었다. 조선의용군이 할당받은 연안의 라가평 군정학교 교관이 되어 학생들을 가르쳤다.

　　그리고 1945년 8월 15일 밤이 되었다. 일본군이 항복했다는 소식을 라디오로 들었다.

　　명시는 여기저기서 들리는 함성 소리를 듣고 밖으로 나갔다. 믿기지 않는 소식에 감정이 복받쳐 하늘을 보았다. 그곳에는 그동안 죽어간 영혼인 듯 수많은 별들이 어두운 밤하늘에서 쏟아져 내리고 있었다.

두 개의 등

이수빈 마산제일여자고등학교

1945년 12월 눈 내리는 단성사 앞거리에는 수많은 함성과 박수 소리가 들렸다. 그 소리에 감흥을 느낀 듯 제 탄탄한 다리를 앞으로 느릿하게 뻗으며 슬며시 떨림을 전하는 백마의 등 위에서 명시는 종로통 거리의 모습을 눈에 담았다. 왜소한 체구의 여성인 명시가 말 위에 탄 모습은 무척이나 이질적인 것 같으면서도 그곳을 어우르는 위엄이라는 것이 존재했다. 그 등 뒤로 많은 이들이 뒤를 따르며 종로의 소리와 승리의 기쁨에 취해있었다. 묵직한 소란스러움 사이 어디선가 명쾌한 목소리가 외쳤다.

"김명시 장군 만세!"

슬쩍, 소리가 난 곳을 바라보았다. 이제 막 보통학교에 다닐 것 같은, 작고 호리호리하다는 인상을 주면서도 밝게 저를 바라보고 있는 여자아이가 있었다. 그 순간만큼은 독립투사 김명시로서의 군건한 얼굴이 아니라 부드러운 얼굴이 되었다. 아이를 보고 살며시 웃어주던 명시는 다시금 거리로 눈을 돌렸다. 제 어린 모습도 저랬을까, 생각을 하면서. 잠깐 깜박이는 시야 사이로 시작의 날이 떠오르는 것은 자연스러운 일이었다.

명시의 터전인 마산은 호랑이의 꼬리 그 시작점에 위치한 작은 항구였다. 무학산 곧게 솟은 품, 수호에 안긴 그곳은 새벽녘부터 분주했다. 돛을 곱게 펼치고 떠났던 배들이 돌아오면서 어부들의 고함과 그곳에서 내려올 생선을 실어 갈 수레들이 굴러가는 소리, 그리고 행여나 떨어지는 것은 없을까 하며 알짱거리는 이들의 수군거림이 뒤섞였다. 눈에 일상적으로 들어오던 이 광경은 얼마 떨어지지 않아 맨눈으로 어렴풋이 확인할 수 있었던 증기선들로 인해 오히려 이질적으로 느껴지기 시작했다.

작은 돛단배들 사이로 찢어질 듯한 고성을 울리며 걸음 하는 증기선이 항구에 다다랐을 때면 그곳에서 내린 일본인들과 신마산 구역의 거주인들이 한껏 뒤엉켜 있었다. 그 소리가 들리면 구마산 항구에 있던 이들이 일제히 얼굴을 돌렸다. 그

그림_ 이수빈(마산제일여고)

시선에는 저들의 영역을 침범한 것에 대한 탐탁찮음과 께름 칙함, 그리고 신기함이 어려 있었다. 그럼에도 조선인들이 그 곳에 다가가지 못했던 것은 그 모든 감정을 송두리째 뽑고 자 리를 차지할 수 있는 두려움 때문이었으리라. 그곳으로 다가 가 그들에게 고함을 지르거나, 핀잔을 흘리거나, 혹은 그저 다가가기만 했을 뿐 아무것도 하지 않았음에도 오해를 사는 경우에는 일본 순사에게 끌려가 매질을 당하던 사람이 수없 이 많았다. 그 모습을 모두 지켜본 이들은 지금처럼 그렇게 적당히 거리가 떨어진 곳에서 흘려보는 것이 전부였다. 명시 는 그런 마산 앞바다를 볼 때면 눈살을 슬며시 찌푸렸다.

증기선이 제 위세를 뽐내면서 마산으로 내려왔다면, 그와 다르게 조용히 내려앉는 것도 있었다. 전기는 이른바 '가진 자'들이 사용할 수 있는 것과 같았다. 전등이라는 것의 힘으 로 밤은 더 이상 하루의 끝이 아니게 되었으나 여전히 많은 곳이 밤에 휩싸여 하루를 마감했다. 전등의 보급조차 제대로 되지 않았으며 전기요금이 턱없이 비싸기만 했으므로 이곳 마산에서 전기의 빛을 가진 곳은 신마산 몇몇 창문뿐이었다. 쓰러져가는 듯 보이는 누런 구마산의 집들은 어둠에 먹히거 나 작은 등燈 하나 위태롭게 흔들릴 뿐이었다. 명시의 집 또한 마찬가지였다. 밤이 되면 희미하게 일렁이는 등이 명시의 집에 조용히 존재감을 드러내고 있었다. 그럼에도 명시는 차갑고 찌릿한 전등이라는 것보다는 방 한편에 일렁이는 등에 더욱이 마음이 찼다.

이 등 하나 아래에서 명시는 물론 어머니와 형제누이들이 많은 것을 함께 했다. 어머니께서 늦저녁 일을 마치고 돌아오시어 둘러앉아 저녁 한상 단출하게 차려 먹을 때는 물론이고, 책을 소리 내어 읽을 때도, 방 안에 모여 짧은 담소를 나눌 때도 그것은 옆에 있었다. 그리고 그 희미한 불빛이 끈질기게 명시의 집 안방에서 늦은 새벽까지 타오르고 있었던 것은 그의 어머니가 으레 그곳에 있었기 때문이었다.

어머니 김인석의 손은 항상 거칠었다. 어시장에서 생선을 팔며 홀몸으로 가정을 지탱하던 어머니의 등은 명시 제 등보다도 왜소했으나 그리도 크게 느껴졌다. 매사에 당당하고, 당신이 하고자 하는 말을 조리 있게 할 줄 아셨다. 어머니는 명시에게 항상 손에 잡히는 것을 배우라 말했다. 그리 배움의 기회가 쉽게 주어지는 것도 아니었거니와 학교를 다니기 위해 내야 했던 월사금을 턱, 내놓을 형편도 아니었다. 주변에서 손을 내저으며 여자는 공부시키는 게 아니라 일렀지만, 어머니는 굽히지 않았다. 그렇게 명시는 동네의 다른 이들보다 비교적 많은 것을 알 수 있었으나 한편으로는 그것이 정녕 옳

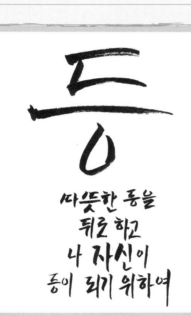

따뜻한 등을
뒤로 하고
나 자신이
등이 되기 위하여

그림_ 이수빈(다선제일여고)

은 것인지 고민할 수밖에 없었다. 이는 3월 1일이 가까워질수록 더욱이 커져만 갔다.

어머니께서는 그날을 위해 손수 태극기를 만드셨다. 그것을 먼저 자처하셨고, 다른 이들을 직접 불러 모아 태극의 무늬를 그려 넣으셨다. 질 좋은 종이를 구하지 못하여 시중에 싸게 내놓는, 하자가 있는 종이들과 그것도 아니라면 집에 남는 흰 천을 보기 좋게 잘라 태극기를 만드셨다. 어떤 날은 다른 이의 집에서, 어떤 날은 제 집에서 모여 태극기를 만들었다. 그렇게 만든 태극기들은 투박한 단지에 넣어 땅속에 묻거나 아예 집과 떨어진 터에 숨기곤 했다.

하루는 어머니께서 홀로 등불에 의지해 앉아계셨다. 당신의 손은 여전히 둥글게 노니는 태극을 그리고 계셨다. 명시는 그 옆에 살며시 앉아 그것을 지켜보았다. 어머니는 입을 열지 않으셨고, 명시 또한 아무 말 없이 그것을 바라보기만 했다. 조국의 광복, 어머니께서는 그것을 염원하셨고, 당연히 그리해야만 한다고 생각하셨다. 그 생각은 우리 가족 모두의 것이었으며, 오빠 김형선 또한 그 마음을 받아 독립투쟁에 벌써부터 힘을 쓰고 있었다. 명시도 그러했으나 그럼에도 그것을 위한 용기 있고 굳건한 손길에 탄생되는 태극기보다 투박한 어머니의 손에 자꾸만 눈길이 갔다. 생계를 책임지기 위해 고되게 일을 하시던 당신의 모습이 눈에 아른거렸다.

　집안의 남자 형제들을 공부시키기 위해 여자들이 돈을 번다는 그러한 생각은 이미 떨친 지 오래였으나 당장 가족들의 생계가 걱정되는 시기였다. 그러기 위해서는 돈을 벌어야 했고, 명시에게 있어 돈을 버는 것과 배움은 함께 할 수 없는 것이었다. 더욱이 독립투쟁을 하게 된다면 분명 지금보다 형편이 어려워질 것이었다. 그렇기에 다니고 있는 학교를 중퇴하여 돈을 벌어야 하는 것은 아닌지, 그런 생각을 품고 있었으나 어머니와 형제들의 단호한 모습에 드러내지 않고 있을 터였다. 이 생각의 씨앗은 무척이나 잔인해서 독립투쟁과 가족들은, 어찌 보면 무엇이 우선순위인지 저울질을 하는 것처럼 느끼게 했다. 그리고 그러한 시간은 머지않아 종점에 도착했다.

　흰 파도가 좁은 골목길을 가득 채웠다. 집집마다 나오지 않은 이가 거의 없을 정도로 많은 인파가 태극의 물결을 이루고 있었다. 골목 곳곳에서 손수 사괘와 태극의 문양을 찍은 것들이 펄럭거리며 만세를 외쳤다. 무질서하면서도 하나로 움직이는 그 모습은 압도적이라 표현할지도 몰랐다. 3월 1일, 조선인들이 거리로 나와 대한독립 만세를 목이 터져라 외쳤다. 인파의 가운데에서, 명시는 그 물결을 만끽했다. 대한의 독립을 외치지 않는 곳이 없는 그곳에서 명시의 눈에 이채가 돌았다. 이러한 것이 독립이라면, 우리 민족이 하나로 뭉쳐질 수 있는 것이 독립이라면 기꺼이 이 한 몸 불사를 수 있을 지도 모른다고, 그리 생각했다.

허나 그것이 무색하게도, 물결은 불타는 총성에 가로막혔다. 일제히 몰려온 일본순사들은 기어이 그 흰 파도를 붉게 물들이고자 했다. 평화로운 비린내, 살벌하고도 요란스러운 것이 코끝을 아리게 붙잡았다. 사방에서 피가 튀기고, 그것이 누런 벽에 붉게 튀었으며 만세를 외치던 결의는 찢어질 듯한 비명 소리가 되어 사방으로 흩어졌다. 명시는 그 자리에 굳어 움직이지 못하고 있다가 제 앞에 있는 이가 총을 맞고 피를 흩뿌리며 쓰러지는 것을 보고 나서야 무겁던 발을 떼었다. 아무런 생각도 들지 않은 채 뒤도 돌아보지 않고 미친 듯이 집으로 달렸다. 도착해서는 방 안으로 뛰어들어 문을 걸어 잠갔다. 밖의 소란스러움과 명시의 창백하게 질린 얼굴을 보면서 무어라 말을 하려는 동생들의 입을 막은 명시는 덜덜 떨리는 몸을 주체할 수 없었다. 한참이 지나 사람들의 발소리가 사그라들고 고요함이 찾아왔을 때서야 명시는 동생들을 붙들고 있던 손에 힘을 풀고 주저앉았다. 만세를 외치던 뜨거운 감정은 온데간데없고 오로지 공포로 떨리는 제 손만이 보였다. 그

손을 꾹, 누르며 생각했다.

'어리석구나. 내가 저울질을 하고 있었던 것은 가족도, 독립도 아니었다. 내 안위와 두려움이 평화를 집어삼켜 저울질하는 것처럼 보일 뿐이었구나.'

입술을 깨물고 입을 꾹 다물면서 명시는 눈을 부릅떴다. 저러한 밖의 풍경 속에서, 일본 순사들이 거리낌 없이 검과 총을 조선인에게 겨누고 비웃는 곳에서, 나의 나라가 아닌 곳에서 나의 가족들과 다른 이들이 행복하게 살 수 있을 리가 없었다. 그제야 명시는 깨달았다. 독립투쟁과 가족들을 저울질 할 필요는 없었다. 독립은 곧 가족을 위한 것이었고, 나아가 조선인 모두를 위한 것이었다. 명시는 부릅떴던 눈을 감고 다시금 떠올렸다. 두려움 속에서도 그 흰 물결이 잊힐 리는 없었다. 하나로 뭉친 조선인들이 얼마나 강할지 명시는 그곳에서 확인한 것인지도 몰랐다. 왜 어머니가 독립투쟁에 앞장서 뛰어들어 태극기를 높이 든 것인지 진정으로 깨달았다.

도망친 명시를 제외하고 함께 거리에 나섰던 어머니와 오빠는 헌병대에 체포되어 며칠이나 지난 후에 돌아왔다. 오빠가 먼저 돌아왔고, 태극기를 만들고 나눠준 주범으로 지목된 어머니는 그보다 늦게 돌아왔다. 특히나 어머니는 모진 고문을 당한 후유증으로 매일 밤 경기를 일으키셨다. 등불 아래

평화로운
비린내
실벽하고
오란스러운 것

일렁이는 그런 어머니의 등은 얼핏 보기에 초라해 보였으나 그 등 뒤를 많은 이들이 따랐듯이, 명시 자신이 그를 보고 동경했듯이 여전히 크고 단단해 보였다.

조선인들이 한데 뭉치면 강해진다. 그러므로 그것을 만들어내기 위해서, 명시는 제 어머니가 저에게 보여주었듯 앞으로 나아가기로 결심했다. 안전하고 따뜻한 등을 뒤로하고 자신이 등이 되기 위하여, 명시는 그날부터 진정으로 독립투쟁을 위한 발걸음을 떼었다.

잠시 옛 기억에 취해 주변이 고요했다. 눈을 깜박이는 그 찰나의 순간이 무척이나 길고 가득 차게 느껴졌다. 눈을 완전히 떴을 때, 다시금 함성과 울음, 박수 소리가 귓속 깊이 파고들었다. 명시는 앞을 바라보았다. 제 손에 쥐어진 말고삐를 단단하게 틀어쥐고서 앞으로 나아갔다.

그 새벽의 어둠

서예진 마산제일여자고등학교

뛰, 뛰, 뛰, 뛰, 뛰, 뛰….

바깥에서 귀뚜라미 소리가 새어 들어왔다. 몇 신지도 모르는 밤. 철장 사이로 보이는 밤은 명시의 상황을 대변하듯 별하나 보이지 않을 정도로, 새카만 어둠만으로 뒤덮여 있다. 명시는 괜스레 이 밤이 원망스러웠다. 모두가 잠들었을 이밤, 명시는 너무나도 생생히 살아 숨 쉬는 정신에 감고 싶어도 감기지 않는, 아니 감지 못하는 두 눈을 부릅뜨고 유치장 바닥만을 바라보았다. 8월의 열기는 지나간 지 오래지만, 유치장 안 사람의 열기로 인해 머리카락에 눅진히 밴 땀이 두뺨을 타고 흘렀다.

뛰, 뛰, 뛰….

다시금 귀뚜라미 소리가 들려왔다.

'저 녀석들은 무얼 찾아 헤매기에 저리 울어댈까.'

저들은 소리라도 내지, 명시는 소리조차 낼 수 없었기에, 한 맺힌 눈물을 머금을 뿐이었다.

'난 왜 이 차가운 유치장 바닥에, 다시 와있는가?'

두 눈을 감으니 차갑고도 까슬한 유치장의 바닥이 두 발바닥으로 느껴졌다. 그리고 지난날의 기억들을 사색했다.

해방이 되고, 행복할 줄 알았지만 오히려 명시에게 행복은 드물었다. 동지, 조선 독립동맹 산하 군사 조직인 조선의용군 동지들과 찾은 조국의 땅을 귀국 후 함께 밟는 날만을 기다렸으나 미국이 임시정부의 집단 귀국을 막은 것과 같이 소련의 집단 귀국 제지로 그럴 수 없었다. 결국, 조선 독립동맹 동지들 중 누군가는 남으로, 누군가는 북으로… 그렇게 흩어졌다. 그나마 명시에게 기뻤던 일이라면 오빠 김형선과 함께 종로 거리에서 가두행진을 했던 그날, 그날이었다.

지난겨울, 1945년 12월 말. 극장 단성사에서 '김명시 여장군 환영 대회'가 열렸다. 살결을 찌르는 추운 날씨와는 다르게 작게나마 흩날리는 눈이었지만, 적어도 명시의 눈에는 세상이 하얗다 못해 눈이 부셔 보이는 날이었다. 명시는 종로 거리의 수많은 인파 속을 거닐며 극장으로 향했다. 그리고 의용군의 전투를 담은 김사량 동지의 연극, '호접'을 보기 위해 극장 안으로 들어섰다. 김사량은 평양 출신의 항일정신이 가득한 소설가였다. 김사량의 이야기는 1941년 12월, 조선의용군이 일본에 맞서 싸운 호가장 전투를 바탕으로 만들어졌다.

지난날 호가장 전투의 이야기를 들은 김사량 동지가 동지들을 찾아온 기억이 떠올랐다. 그렇게 써진 책이 해방 후 당당히 공연되는 날이 오다니, 명시는 참으로 기뻤다. '와아!' '짝, 짝, 짝짝!' 연극이 막을 내리자, 많은 사람들이 환호 소리와 박수 소리를 보냈다. 명시 또한 그 열기 속에서 거센 박수를 보냈다. 지난날의 아픔이 고스란히 느껴지면서도, 다시 조국으로 돌아와 우리의 이야기로 만들어진 연극을 보니 뿌듯함이 절로 교차했다. 암흑만이 자욱했던 어둠의 시대를 지나, 어두운 극장 통로를 지나, 밖으로 나왔다.

찬란한 빛으로 가득한 그 땅으로 다시 발을 내딛었다. 그곳에는 명시를 맞이하는 수많은 사람들이 있었다. 언제나 안개로만 메워진 줄만 알았던 앞길. 하지만 이제는 종로거리에서 명시를 기다리며 이름을 외치는 사람들로만 가득 차 있었다. 모두가 깃발을 들고 흔들며 소리쳤다.

"김명시 장군 만세! 김명시 장군 만세! 김명시 장군 만세! 무정 장군 만세!"

민중 속에서 거세게 흔들리는 깃발의 몸부림이 꼭 파도의

물결 같았다. 명시는 오빠, 김형
선과 함께 그 함성 속으로 행진했
다. 흰 물결 치는 파도 속, 명시도
꼭 이 파도를 일으키는 물결의 한
줄기가 된 기분이었다.

　마산에서 태어나 열아홉 살부
터 오늘날까지, 21년간의 투쟁,
하얼빈 일본 영사관 습격 그 후,
스물다섯부터 서른두 살까지 7년
옥살이, 그리고 조선의용군의 여
장군이 되기까지. 명시는 조국을
위해 21년 동안 젊음을 바쳐 태워
왔다. 명시를 둘러싼 수많은 기억
들이 아프면서도 찬란하게 빛나
는 순간이었다. 조국을 찾아 떠나
다시금 조국의 땅을 밟은 이 순
간, 참으로 감개무량한 순간이었
다. 그들의 외침 속에 담긴 이름
김명시, 그들은 명시의 이름을
'백마 탄 여장군'으로 불러주었

그림_ 서예진(마산제일여고)

당신이라는
축복시대속
그대가별
사람의
흔적

다. 명시는 지난여름, 8월의 열기를 다시금 느꼈다. 그리고 그 열기 속에는 명시도 늘 함께했다.

그렇게 시간이 흘렀다. 그 후로 명시는 남쪽으로 내려왔다. 광복 후, 완전히 하나가 되기만을 기다렸지만 바람과는 다르게 조선은 북위 38도선을 경계로 남쪽은 미국령, 북쪽은 소련령으로 나눠진 지 오래였다. 명시는 1946년 2월 민주주의민족전선 중앙위원이자, 서울지부 의장단으로 선출되어 활동하였다. 한동안 명시의 이름은 여기저기서 들려왔다. 여러 신문과 잡지에서 명시의 이름이 지면에 등장하면서 칭송의 대상이 되었다.

하지만 1948년, 남과 북에 각각 정부가 들어선 후로, 명시의 이름은 더 이상 신문 속에서 불리지 않았다. 그렇게 '백마 탄 여장군'으로 주목받던 명시는 인민이 주인이 되는 나라, 그것을 위해 지하 활동을 시작할 수밖에 없었다. 지하, 땅속에는 늘 흙과 함께 비밀들이 가득했다. 그로부터 3년 뒤 조선공산당이 불법화되면서 1949년 9월 2일, 명시는 체포되었다. 그렇게 부평경찰서에 구속돼서 이 차가운 유치장 바닥에 다시 앉아 있게 된 것이다. 그들은 명시가 국가보안법을 위반했다고 하였다. 그리고 물었다. 김삼룡과 이주하의 행적에 대해.

김삼룡과 이주하. 그들은 현재 수배 중인 남로당의 총책이다. 1947년 제2차 미소공동위원회도 실패로 끝나고 미국에 의해 한국문제 UN이관이 선언되었다. 하지만 이에 반대하였던 남한의 조선공산당은 1948년 이른바 2·27 단독선거 반대 투쟁을 선언했다. 조선공산당이 불법단체로 그 활동이 인정되지 않자 그들은 지하당으로 비합법적으로 활동하였다. 그리고 이주하와 김삼룡 두 사람이 남로당 핵심당원이었던 것이다. 간부들은 명시에게 두 사람에 대해 캐왔다. 하지만 말할 수 없었다. 비밀은 늘 흙 속에 묻어둬야 하는 거니까. 그들까지 잡히면 뜻을 이룰 수 없을 것이다. 그러니 명시는 그들을 지킬 수밖에 없었다.

　꼭 감은 두 눈, 어둠만으로 가득했던 눈꺼풀 사이로 밝은 빛이 천천히 스며 들어오기 시작했다. 새벽이 왔나 보다. 그 빛이 사색에 잠긴 명시에게 그만 일어나라고 말하는 것 같았다. 길었던 지난날의 회상을 끝으로, 감았던 두 눈을 떴다. 유치장 철창 사이로 드나드는 쌀쌀한 바람, 그리고 보이는 높은 하늘이 10월, 가을이 왔음을 알려주는 듯했다. 더 이상 없을 줄만 알았던 옥살이.

　'왜 나는 다시, 그것도 내 조국에서 이 고통을 감내해야 하는가.'

가슴이 분통함에 미어졌다. 명시는 새벽하늘을 다시 보았다. 아직 채 가시지 않은 어둠 속, 저 멀리서 샛노란 빛이 천천히 피어올랐다. 아직은 잿더미 같은 구름 사이로 스미는 새벽의 빛이 꼭, 조국의 광복을 위해 싸워 온 지난날의 모습 같았다. 명시는 그대로 다시 눈을 감고 바람을 느꼈다. 눈을 감으니 오묘한 빛깔의 새벽노을 아래서 바람을 느끼며 서 있는 자신이 보였다.

'이주하, 김삼룡 동지는 잘 도망치고 있을까…'

명시는 속으로 가만히 생각했다.

'나는 마지막까지 나라 걱정뿐이구나.'

몇 신지도 모르는 새벽, 치맛자락이 바람에 흔들리고, 명시는 그렇게 눈을 감았다.

슬픔이 채 가시지도 못한 새벽. 붉은 태양은 아무것도 모른다는 듯이 수평선에 걸터앉아 아침을 일깨운다. 슬픔을 지우기에는 너무나도 일찍이 온 아침. 붉은 볏을 가진 수탉은 태양의 소리를 대신하듯 울고, 사람들은 그에 맞춰 분주하게 움직이기 시작한다. 하늘을 올려다보니, 잿빛 먼지가 한가득 묻은 듯, 오늘따라 하늘이 텁텁하다. 그리고 식탁 한편에 올라온 신문. 나무가 잿빛 하늘에 빼곡히 가지를 치듯, 흑백 신

그림_ 서여진(마산제일여고)

문 속에는 검은 활자들로 빼곡하게 명시의 이야기가 채워져 있었다. 색 하나 없는 잿빛 구덩이 속에서도 명시의 얼굴만은 또렷이 보였다. 사진 속 그는 아무런 말을 하지 못했다. 창문을 타고 들어온 바람에 신문지가 바스락 바스락, 소리를 대신 낼 뿐이었다.

1949년 10월 11일. 명시의 이름이 신문에 다시 올라온 날이었다. 그리고 그것이 마지막이었다. 1945년, 해방 직후 명시는 대표적인 우익신문 〈동아일보〉에서 '조선의 잔다르크'라고 불리고, 친일반민족행위자였던 시인 '노천명'이 잡지에 '팔로군에 종군했던 김명시 여장군의 반생기'를 쓰는 등, '백마 탄 여장군'으로 여러 신문과 잡지에 이름을 날렸다. 그랬던 명시가 앞서 말했듯, 1949년 10월 11일, 신문에 다시 나타났다.

"일제 때 연안 독립동맹원으로서 18년 동안 독립운동을 했으며 해방 직후에는 부녀동맹 간부로 있었고 현재 북로당 정치위원인 김명시는 수일 전 국가보안법 위반으로 부평경찰서에 구속되었다 하는데 유치된 이틀 만에 철장 속에서 목을 매 자살하였다 한다. 그는 구속되자 동 경찰서 내 독방에 구류되었는데 간수의 눈을 피해 유치장

벽 수도 파이프에 자기의 치마를 찢어서 걸어놓고 목을 걸고 앉은 채 자살한 것이라고 한다." - 〈경향신문〉

부평경찰서 유치장에 수감되어 있던 명시가 전날인 10월 10일 새벽 5시 40분경 세상을 떠났다는 내용이었다. 죽음의 정황은 자세했다. 하지만 또 다른 문제가 있었다. 기사와는 다르게 명시는 북로당 정치위원이 아니었고, 체포되어 잡혀갔다는 날짜도 말하는 사람마다 다 달랐으며, 사망 날짜조차도 신문마다 다 달랐다. 명시의 주변 지인들의 생각도 다 달랐다. 경찰이 고문을 가하다 사망하자 자살로 위장하여 발표했을 것이라고 생각하는 한편, 또 다른 한편으로는 명시가 수배 중인 남로당 총책 김삼룡과 이주하를 지키기 위해 경찰의 고문을 버티다 자살을 택했을 거라는 추측도 있었다.

하지만 김삼룡과 이주하가 체포된 것이 전혀 다른 경로인 것을 보아 명시가 죽음을 앞두고도 끝까지 그들을 위해 애썼다는 걸 알 수 있다. 아무리 세상이 어둡다 한들, 명시는 강인함이라는 유일한 빛을 잃지 않았던 사람이었다. 밤이 가고 아침이 오기 직전 그 새벽, 명시는 왜 세상을 떠났을까. 그의 죽음은 오묘한 빛깔을 띠었다. 그의 죽음은, 의문이었다.

그녀의
죽음은,
오묘한
빛깔을
띠었다

세월이 한참 지났다. 과거의 우리는 김명시가 공산당원이었다는 이유만으로 묻어둘 수밖에 없었고 그렇게 사람들의 무관심 속에서 잊혀갔다. 하지만 다시 때가 왔다. 잊힌 역사 속에 묻혀있던 김명시를 꺼내, 우리들의 가슴 속에 다시 담을 때가 왔다. 과거 탄압이라는 처절한 흑백시대 속, 김명시는 사람들에게 희망이라는 색을 내주었다. 오늘날 사진 속 김명시의 모습은 비록 빛바랬지만, 김명시가 남기고 간 색의 흔적, 즉 세상을 향한 외침은 오늘날까지도 생생하게 색을 내고 있다.

백마 탄 여장군

모은주 마산삼진고등학교

쾅쾅-! 쾅쾅-!

"행님! 행님아! 좀 나와 보이소!"

막걸리를 연거푸 두 잔 마시고 선잠이 들었던 참이었다. 대문이 부서질 듯 쿵쾅대는 소음에 역불이 난 남희는 벌떡 몸을 일으켰다. 귀청 떨어지겠으니 주둥이 좀 다물고 있으라고 소리치며 나가니 집 밖 불청객은 잠잠해진다. 그런데도 짜증이 영 가시지 않아 우악스레 대문을 열어젖혔다.

"와! 생뚱맞게 찾아와서 와 난리고?!"

"큰일 났습니더. 행님, 진짜 큰일입니더…!"

항일 투쟁에서 만나 지금까지 형제처럼 지내온 용식이었다. 평소 행실이 가지런한 작자가 왜 이렇게 흥분해 있는지 모를 일이었다. 바로 서지를 못하고 발을 동동 구르기 일쑤,

그림_고은주(마산삼진고)

한층 격양된 목소리 너머엔 푹 젖은 눈망울도 있었다. 남희스스
러운 꼬락서니에 남희의 미간도 절로 일그러졌다.

"무신 일인데, 좀 가만히 서 가지구 말해 보이라. 니 이래
갖고 말하면 내 알아듣기나 하겠나?"

"아입니더. 행님. 내 이래 갖곤 진짜, 아무 말도 못 하겠심
더."

이내 용식은 열린 대문 사이로 지나쳐 집 안으로 들어가
버렸다. 때 아닌 침범이 당황스러워 멀뚱히 지켜만 보자, 용
식은 새 막걸리를 집어 올리곤 단숨에 벌컥벌컥 삼켜버렸다.

"아 진짜! 야가 와 이라노! 와 남의 집 와서 행패고?! 돌았
나?!"

"후…. 행님아, 내 진짜…. 노엽구 분통해서 못 살겠심더."

"아 그러니까 와! 아까부터 묻고 있다 아이가!"

역정이 바짝 솟은 남희와 달리, 취기가 오른 용식의 목소
리는 땅 끝까지 내려가 있었다. 이번엔 답답해서 자빠질 노릇
이라 한숨을 내쉬니, 침울의 끝자락에 닿은 용식이 운을 뗐
다.

"행…. 행님은, 우리 장군님 기억하십니꺼."

"꼴랑 5년 남짓 지났다. 아니, 내 뒤질 때까지 절대 못 잊
을 은인이다. 근데 우예 그걸 묻노."

"그게 말입니더, 어제였습니더. 장 내리기 바로 직전인데 유난시럽게 미국 아들이 몰려오는 게 아입니꺼. 다 같은 해장국 시켜서 먹는데 덕분에 지는 하루치 장사분도 다 쓰고, 뼈다구도 많이 남아서 백구 주려고 일찍 장 내리고 나오는 길이었습니더. 근데 백구가 또 쇠줄을 끊어먹구 도망갔는지 안 보여서 찾고 있었는데, 그 미국 놈들이 부평경찰서 놈들이랑 뭐라 뭐라 씨부리구 있는 거라예. 내 듣기도 싫어서 그냥 지나가려 했는데 글쎄 그놈들 입에 우리 장군님, 장군님 성함이 오르내리는 거 아이겠습니꺼. 내 분명 장군님 잘 숨어서 귀농하러 가셨다구 들었는데, 그 거렁뱅이 같은 놈들이 잡아간 거 아이랍니꺼. 옳은 일 한 우리 장군님한테만 못돼 처먹은 놈들한테 그만 역정이 솟아서, 달려들고 멱살이라도 붙잡구 늘어지니까 그놈들이, 그놈들이이. 흐흐윽…. 우리 장군님께서 스스로 목을 매시구 별세하셨다구 깔깔거리는 게 아니겠십니꺼."

"뭐…?"

심장이 땅 끝까지 꺼지는 느낌에, 성대에도 힘이 잘 들어가지 않아 흐느적거리는 되물음이 튀어나왔다. 그러자 용식이는 되려 그런 마음 이해한다는 양 더욱 서글피 흐느끼며 하던 말을 이어갔다.

어스름이
내려앉은
노을 속
김명시 장군이
엷게 일렁이고
있었다

그림_모은주(마산삼진고)

"근데 행님아…. 성가신 점이 한두 개가 아니라예. 내 도무지 믿을 수가 없어갖구 다 찾아봤심니더. 근데."

용식은 바지 주머니를 뒤적거리다 꾸깃꾸깃 접힌 종이를 꺼내 앞으로 내밀었다. 그를 받아든 남희가 떨리는 손으로 종이를 펼치자 용식이 운을 뗐다.

"우리 장군님이 대한민국 정부 수립되고 좌익 세력 탄압할 때 사라지셨지 않았습니꺼. 알고 보니까 전년도에 화요파일원으로 남로당 활동하셔서, 그것도 거의 우두머리에 계셔가지구 잡히셨답니다. 쉽게 말해 국보법 위반이란 명목으로 그놈들이 잡아간 거라고예."

침묵 속에 갇히기라도 한 듯, 무어라 말을 하고 싶어도 입이 열리지 않았다. 그저 김명시 장군의 기사가 실린 종이쪼가리를 든 채 용식의 이야기를 잠자코 들을 수밖에 없는 남희였다.

"세상이 우짜면 이리 지독하답니꺼. 지는 아직도 생생히 기억납니더. 살아생전 처음 보는 허허벌판에 동떨어져서 살 의지도 없던 저, 이끌어 세워주신 우리 장군님 눈빛 말입니더. 그때 지는 하루에 수십 번도 죽었다 깨어나고 그랬습니더. 근데 우연히 근처에 지나가시던 장군님께서 지를 구해주셨고, 그 길로 지는 장군님 손 잡구 어디든 붙어 다녔습니더."

자신 또한 용식과 다를 것 하나 없었다. 김명시 장군은 제가 벼랑 끝에 매달려 있을 적 만난 생명의 은인이니 말이다. 남희는 아무런 말도 하고 있지 않았지만, 속으론 형을 따라 항일 투쟁에 나갔다가 김명시 장군을 만난 그 시절을 떠올리고 있었다. 그 사이, 용식은 못다 한 말을 잇느라고 다시금 시큰한 목소리를 낸다.

"더 황당해 자빠지겠는 건 뭔지 아십니꺼, 헹님아."

남희가 무엇이냐는 듯 눈빛으로 의문을 띄우자, 용식은 거의 울부짖는 것처럼 말했다.

"우리 장군님 자살했다고 올라온 기사 내용이 하나같이 다 다르다는 겁니더. 도하 일간지에서는 10월 11일이라구 그라는데, 또 다른 곳에서는 10일이라 그라구, 또 12일이라 그라는 곳도 있구, 이 자식들 입이 안 맞아 있는 게 딱 봐도 드러난다 아입니꺼. 근데 우예 이걸 믿는단 말입니꺼. 애당초 지금은 우리 장군님이 그토록 갈망하시던 광복을 찾은 때인데, 더한 것도 견뎌오셨던 분이 어떻게 해방 속에 스스로 명을 끊으시냔 말입니더."

이내 스르륵 주저앉아 돌바닥으로 무릎을 꿇은 용식은, 모든 걸 내려놓은 아이처럼 엉엉 울부짖었다.

"47년도까지도 백색테러 사건으로 민족전선 조사단원 활

그림_표은주(마산삼진고)

삶의 원동력이자
모든 용기의
불꽃이었던
은인이

저무는 것도 이렇게
한 순간이란 말이냐

동하시구, 민주여성동맹 대표로서 미군정청도 방문하시구, 미군정 사령관 중장한테 반탁시위항의서도 제출하시면서 잘 활동하시던 분이었는데…. 귀농 가신다구 하셨을 때부터 지가 먼저 찾아뵈러 갔어야 했는데…. 흐흑, 이제 우예 살아간단 말입니꺼."

이미 무너져 내린 용식의 옆으로, 남희의 손에 들려 있던 종이쪼가리가 추락했다. 투둑 투둑 옷자락을 적시는 것이, 용식의 눈물이 아니라 소나기라는 걸 알게 되는 데까지는 한참이 걸렸다.

며칠 후, 내무부 장관이 김명시 장군의 죽음에 대해 자세한 발표를 더했다. 김명시 장군은 자신의 상의를 찢어 유치장 내 3척 높이의 수도관에 목을 매고 스스로 삶을 마감했다고 했다. 그 소식을 들은 사람들이 단체로 봉기를 일으켰지만, 침묵을 일삼는 경찰들과 미비하게만 남은 기록 탓에, 그들이 할 수 있는 것은 아무것도 없었다. 그저 이제는 신화 속 인물이 되어버린 김명시 장군을 가슴 깊숙이 추모하는 것뿐이었다. 또한, 여론의 파도는 생각보다 금방 잠잠해졌다. 아무래도 광복 이후라는 배경 아래, 당장 본인들의 삶을 챙기는 것이 더 급했던 모양이다. 그렇게 모두가 김명시 장군을 잊어가는 분위기인 가운데, 대청마루에 홀로 걸터앉은 남희가 옛적

장군님께 받았던 작은 단도를 만지작거린다.

'남희 너는 너 자신을 지키는 법부터 배워보자. 가장 먼저 널 지켜야 그때 비로소 국가도, 민족도 지킬 수 있는 거니까.'

아직도 생생한 장군님의 미소가 아지랑이처럼 눈앞에 아른거렸다. 삶의 원동력이자 모든 용기의 불꽃이었던 은인이, 저무는 것도 이렇게 한순간이란 말이냐. 남희의 입에서 한숨과 함께 한탄의 혼잣말이 튀어나왔다.

"그러게나 말이다. 우예…. 이제 우예 살아간단 말이고…."

남희의 텅 빈 눈동자에서 뜨거운 액체가 꾸역꾸역 흘러내린다. 그 광경은 마치 어미를 잃은 어린 짐승의 울부짖음 같았다. 그런데도 하늘은 어찌나 눈부시던지. 어스름이 내려앉은 노을 속에서 김명시 장군이 엷게 일렁이고 있었다.

그림_ 이지윤(마산제일여고)

김민경 마산여자고등학교

김명시는 해방 직후에는 다양한 활동을 했다. 1947년 6월 전라도에서 발생한 백색테러 사건과 관련해 민주주의민족전선의 조사단원으로 활약했으며 민주여성동맹 대표로서 미군정청을 방문하여 미군정 사령관 존 리드 하지 중장에게 반탁시위항의서를 제출하기도 했다. 그러나 1948년 대한민국 정부 수립 이후 좌익세력에 대한 대대적인 탄압이 시행되자 김명시는 종적을 감췄다. 1949년 10월 11일, 도하 일간지에 '북로당 간부' 김명시가 부평경찰서 유치장에서 목매 자살했다는 기사가 실렸다. 여러 가지 정황을 볼 때 자살이 아니라 타살 등 죽음에 의문이 있지만, 그 의문에 대한 조사조차 제대로 되지 않았다. 며칠 후 내무부 장관 김효석은 김명시가 자신의 상의를 찢어서 유치장 내 3척 높이의 수도관에 목을 매

조선사람은 다
통일전선에 참가해
한뭉치가
되어야한다

고 스스로 삶을 마감하였다고 공식적으로 발표했다.

종로거리에서 백마 탄 여장군으로, 항일영웅으로, 김명시 장군 만세로 환영받은 지 겨우 4년 뒤에 그렇게 어이없고 쓸쓸하게 죽음을 맞이하였다. 그렇게 그는 항일 영웅에서 국가보안법을 위반한 수배범이 되어있었다. 180도 달라진 그에 대한 시각은 김명시가 체포된 당시 1949년도 남한의 사회상황을 여실히 보여준다. 당시에는 공산주의자 좌익이라는 혐의가 씌워지면 독립투사든 민족주의자든 목숨을 부지하기 어려웠다.

조선 사람 은 친

민족반역자를 제외하고 다 통일잘

한 뭉치가   되어

그림_ 김민경(마산여고)

파나

에 참가해

한다

테러나 암살을 당하거나 국가에 의한 일 상적 처형도 자주 일어났다. 조선의용대를 창설한, 그래서 일제에 거금 200억이 넘는 현상금이 붙어 있던 김원봉조차 당시 해방 된 남한 땅에서 일제 경찰이었던 노덕술에 게 체포되어 고문을 받는 경험을 했다.

당시 남한의 경찰들 중엔 일제 때 친일 경찰 출신들이 대부분이었다. 그들은 무자 비한 고문으로 죽은 혐의자들을 자살이나 심장마비와 같은 급사로 위장했다.

그들에 의한 수모는 일제에 의한 수모와 비교가 안 될 정도로 타격이 컸다. 오랜 시 간 동안 생사를 넘나들며 조국 해방을 위해 투신한 그들에게 해방된 조국은 그들을 또 다른 좌절의 구렁텅이로 밀어넣은 것이다.

사회주의자가 아닌, 민족주의자였던 김 원봉 또한 악질 친일경찰 노덕술에게 수갑 을 찬 채 고문을 받는 수모를 당하고 풀려난 뒤 3일 밤낮으로 식음을 전폐한 채 통곡했 다고 한다.

그러고는 사회주의자가 아니었음에도 북한으로 갔다. 그는 "남조선에선 왜놈 등쌀에 목숨을 부지하기 어렵다."고 했다. 그러나 그는 북쪽에서도 장개석의 국제스파이로 몰리면서 숙청되고 스스로 감옥에서 목숨을 끊었다.

비극적인 김원봉의 행적을 통해 김명시 또한 그 당시를 온전히 살아가기 힘들었을 것임을 알 수 있다.

오빠 김형선은 8년의 선고를 받았으나 13년 동안 투옥하던 중 해방이 되고 난 뒤에야 풀려났다. 해방 후 1950년 6.25 전쟁이 터지기 전까지 남조선노동당 최고위 간부로 있었으며 공산당이 불법화되자 서울에서 지하활동을 했다. 6.25전쟁 중 후퇴하는 인민군에 합류했다가 미군의 폭격으로 사망했다.

동생 김형윤 또한 부산 진해 마산 등지에서 적색노동운동을 하면서 감옥을 수시로 드나들다 해방되기 전 행방불명되었다.

마산의 열린사회희망연대는 2018년부터 김명시, 김형선, 김형윤을 독립운동 유공자로 등록하기 위해 애쓰고 있지만 사망 경위와 해방 후 행적이 불분명하다는 이유로 현재까지 인정받지 못하고 있다. 김명시 생가터 발굴과 그들에 대한 자료를 모으기 위해 친족을 찾던 끝에 20여 명을 찾을 수 있었

다. 그들은 그동안 우리 사회의 사회주의에 대한 억압과 연좌
제 등으로 나설 수 없었다고 했다.

김명시 장군 프로필

그림_ 김하은(마산삼진고)

· 1907. 2. 15.   경남 마산 동성동 189번지 출생.

· 1919   어머니 김인석 독립운동에 앞장서다 구속, 부상당함.

· 1923   마산, 공립보통학교(현 성호초등학교) 졸업.

· 1925   배화여고 입학. 학비부족으로 중퇴 후 고려공산청년
                회 가입.

· 1925. 4. 17.   조선공산당 가입.

· 1925. 11.   러시아 유학.
                김휘성, 김희선, 스베츠로바라는 가명으로 활동

· 1925~1927   러시아 모스크바 동방노력자공산대학 재학.

· 1927. 8.~1931 중국 상해에서 홍남표 조봉암과 조선공산당 활동
                전개.

· 1932. 3.   식민지 조선으로 잠입하여 오빠 김형선에게 조선공산
                당 재건 활동 자금과 기관지《코뮤니스트》건넴.

· 1932. 5.   인천제물포 노동활동하다 조선공산당 재건 활동 혐의
                로 신의주 형무소 투옥 7년.

· 1940~1945   만기 출소 후 만주로 건너가 무정 장군이 이끄는 조선
                의용군 화북지대원으로 항일투쟁, 해방 직전까지 최
                전방에서 여성부대원을 이끌고 선전활동과 병력 모
                집, 교육활동 펼침.

- 1946~1949   해방 후 개인 자격으로 국내로 들어와 1946년 2월 민주주의민족전선 중앙위원이자 서울지부 의장단으로 선출됨. 이후 통일정부 수립을 위해 활동하며 1947년 전라도에서 발생한 우익테러 사건에 민주주의민족전선 조사단원으로 참여하고, 민주여성동맹 대표로 미군정청 군정사령관 존 하지 준장에게 반탁시위항의서를 제출하기도 함.
- 1948   이승만 정권 수립 후 조선공산당을 불법화하였고, 좌익 숙청 작업에 들어감.
- 1949. 10. 9.   부평경찰서 검거. 10일 새벽 42세 나이로 유치장에서 자살.

〈김명시 가족〉

- 아버지 김봉권(일찍 돌아가심.)
- 어머니 김인석(생선장사 1919. 3. 15. 만세 시위 참여로 15일간 구류, 고문 받음.
- 언니 김선희(1901~1950) 시집감.

· 오빠 김형선(金炯善 1904~1950)

· 남동생 김형윤(金炯潤 1910~?)

· 여동생 김복수(?)

〈오빠 김형선〉

· 별명 황소, 실제적 김명시의 후원자이자 보호자.

· 1919. 3. 15. 만세 시위에 참여. 체포 후 구금되었다 풀려남. 당시
　　　　16세로 간이 농업학교 중퇴 상태. 부두 하역 노동자 등
　　　　닥치는 대로 일하며 김명시의 학교 월사금을 냄.

· 1924 미곡창고 취직. 청년조직 결성하나 곧 체포, 해직 당함.

· 1925. 4. 17. 김명시와 조선공산당 창립과 동시에 입당.

· 1927 마산공산당 사건으로 수배령. 중국 광동성 중산대학 재학.

· 1930 국내활동을 위해 잠입.

· 1933 경성에서 체포. 징역 8년의 형기를 마치고도 사상범 예비 구
　　　　금령에 따라 청주감호소로 이송, 해방되기까지 12년 옥살이.

· 1950 전쟁으로 북한으로 가다 폭격으로 사망.